适路子

沈 萍 著

时代出版传媒股份有限公司
安徽文艺出版社

图书在版编目（CIP）数据

适路子/沈萍著.--合肥：安徽文艺出版社，2022.3
ISBN 978-7-5396-7357-8

Ⅰ．①适… Ⅱ．①沈… Ⅲ．①长篇小说－中国－当代 Ⅳ．①I247.5

中国版本图书馆 CIP 数据核字（2021）第 263867 号

出 版 人：姚 巍	
责任编辑：秦知逸	装帧设计：张诚鑫

出版发行：时代出版传媒股份有限公司　www.press-mart.com
　　　　　安徽文艺出版社　　www.awpub.com
地　　址：合肥市翡翠路 1118 号　邮政编码：230071
营 销 部：(0551)63533889
印　　制：合肥创新印务有限公司　(0551)64456946

开本：880×1230　1/32　印张：7.25　字数：150 千字
版次：2022 年 3 月第 1 版
印次：2022 年 3 月第 1 次印刷
定价：36.00 元

（如发现印装质量问题，影响阅读，请与出版社联系调换）

版权所有，侵权必究

目 录

序言　曹青阳 / 001
我的朋友——小三子　董静 / 001

第一章　观影路　巧遇艺友 / 001
第二章　赏景路　情意暗生 / 017
第三章　善意路　惊心动魄 / 031
第四章　兴趣路　节外生枝 / 042
第五章　默契路　增进情愫 / 057
第六章　情网路　后患无穷 / 068
第七章　落榜路　擦泪向前 / 083
第八章　冲动路　牢狱之痛 / 094
第九章　奋发路　前途无限 / 107
第十章　警察路　感化前仇 / 119
第十一章　释怀路　快乐如初 / 129
第十二章　挽救路　浪子回头 / 140

第十三章　初恋路　转为友情／155

第十四章　技术路　重获新生／161

第十五章　志同路　情缘萌生／170

第十六章　创作路　引导学生／181

第十七章　孝顺路　幸福无穷／191

第十八章　洞察路　料事如神／201

第十九章　丰收路　慈善为先／213

后记／221

序　言

曹青阳

中共十八大以来，习近平总书记曾在多个场合提出，要讲好中国故事，传播好中国声音。讲好中国故事，就是要讲好中国共产党治国理政、中国人民奋斗圆梦、中国和平发展合作共赢的故事。作者沈萍女士正是在这一思想的指引下，苦心孤诣创作了这部书稿。

该书从改革开放初期开始写起，用十九章内容生动温情地讲述了圣慧和她的朋友们身上发生的种种故事。全书内容丰富、情感真挚，朴素平实的行文却又暗含着恰到好处的矛盾冲突，时刻牵动着读者的心弦。

平凡普通的圣慧和她的朋友们，就像住在我们身边的邻居一样真实、可爱。在经历了天真的向往、懵懂的情感、落榜的打击、冲动的苦果、失恋的悲伤、意外的事故之后，他们从青涩到成熟直至取得成功，也一路从泥泞坎坷走上平坦的康庄大道。最初的他们携手同行，而到最后却有着不同的前途。即便如此，他们每个人都通过自己的奋斗，有了各自精彩的未来。圣慧由一个懵懂羞涩的少女，成长为一名稳重果敢的人民警察。失足入狱的李涛，在周围人的帮助下，成为一名优秀的企业家，并和年轻时并不看好的陈雪走在了一起，干出了一番事业。喜爱歌舞的蔡永丽高考落榜后，春夏秋冬用盆盆井水来驱逐困意，苦学文化知识，最终，如愿以偿地成为艺术家。单相思的陈雪坠入情网，在无知地制造了悲剧后，极力地将功补过，经历了痛彻心扉的悔过和点点滴滴的长期付出，将自己改造成对社会有用的人。这些看似巧合，看似出于命运的摆布，背后恰恰是每个人默默的努力和艰辛的付出。这些感情真挚的故事，正是改革开放后成长起来的一代人的亲身经历。

除了精彩动人的故事，作者还恰如其分地将普法教育宣传穿插在书中。人们在品味故事情节的同时，潜移默化地学习法律知识并树立起自觉守法的意识。主人公圣慧从一名落榜生，通过发奋努力成为优秀的人民警察，对少年犯进行教育、引导、关爱、感化，使他们一个个"浪子回头"。在好友孙庆军的鼓励和支持下，她编写歌谣，出版图书，给学生们进行安全防范指导。了解作者的人们都知道，这正是她自己的亲身实践。

一个人的成长离不开时代，时代的变化又催生了个人的发展。这本书着重讲好了时代变迁中奋发图强的中国故事。圣慧和她的朋友们成长在改革开放的春风里，他们之所以成功，不仅得益于自己的能力，同时也得益于国家的进步和富强。圣慧是人民警察，执法、普法，李涛是企业家，诚信、奉献，蔡永丽和王强是艺术家,爱国、敬业。他们将自己的理想与时代的发展、祖国的需要相结合,他们是改革开放以来勤劳勇敢、拼搏奋进的一代中国人的真实写照,他们用努力拼搏书写着新时代中国人最美的故事。

我作为作者沈萍的长辈,从小看到大,深知她的为人。她具有顽强不屈的性格,一直追求平凡而又奇特的美好的人生境界,这在她写的这本书《适路子》中得到了初步的展现。我期盼她能不断地推出新的更有深度的作品。

能为她的这本书作序,甚感荣幸。本序及书中若有不当之处,敬请读者批评指正。

(**本序作者曾任中央教育科学研究所副所长兼教育科学出版社社长,研究员。**)

我的朋友——小三子

董静

小三子,是平日里我对好友沈萍的昵称,因为她在家排行老三,而我在家排行老七,她叫我小七子,我叫她小三子。我们一直就这样以各自在家中的排序来称呼彼此,从年轻到如今,几十年来从未改变过。

下面的文中,我还是用小三子这个称呼吧,习惯早已成自然,感觉这样才能写出自己眼中的真实的她。

我和小三子相识于1990年9月,那时我从老家随先生刚调入合肥不久。当时我在单位的财务部上班,很快她因工作调整也来到了我所在的部门,我们共处一室很多年。也许是年龄相仿或性格相近的缘故吧,很快我俩就成为一对无话不谈的好姐妹。因为在年龄上我略大于她,小三子常常以妹妹自居,我自然而然地充当起姐姐的角色。我在家是老么,从小就希望自己能有个妹妹或弟弟,所以小三子这么一说,我便欣然接受了。按照她的话,几十年来无论在生活还是在工作中,我都给了她不少的帮助和关怀。小三子是个重情义之人,很多事我都早已忘记,她依然记得清清楚楚。

退休后,我俩见面少之又少,各自忙碌着。我考驾照,写文章,满世界地跑,开阔眼界,对小三子的生活未过多地关注。我只知道她也在创业拼搏,事业干得风生水起,还把年迈的母亲接到身边尽孝心。虽然有时候一年半载才联系一下,但我们姐俩的友情不会被时间和距离冲淡。先生的每次新书发布会,她从各种渠道得知后,都会一场不落地赶到现场。

我清楚地记得,2017年8月的一天,我突然接到小三子的电话,约我出去坐坐。感受到她的声音中透着一份喜悦,我猜一定是大侄子要结婚,给我发请柬的,没有多问,好姐妹也久未谋面了,所以我很期待。第二天,我们在约定的地方见面,只见时尚的她提着一个看似有点分量的纸袋子,其间,我几次问是什么喜事,她一直在卖关子而不告诉我,只说咱姐俩好久不见先叙叙旧。我是个急性子,在我的再三追问下,她才起身提着袋子神秘地坐到我身旁,激动的心情难以掩饰,从袋子里拿出几本新书。打眼一看封面上的作者:沈萍。我再次确认,是的,这书确是她所写。此刻的我,除了惊讶还是惊讶!这大大出乎我的意料,从未听说过她在写作呀!小三子说,这是自己花了三年多时间完成的书稿。我简直惊呆了!知道她爱读书,从小就有文学情结,但一声不响地出版了一本书,保密工作做得真好啊。我由衷地向她祝贺,为闺密取得这样的成绩而高兴和自豪。

我兴奋地拿起眼前的这本《学会保护自己》读起来。序言里介绍道,为了让更多人接受安全隐患防范知识,作者独具匠心,每一篇以朗朗上口的原创歌谣开篇,通俗易懂,是一本既专业又实用的读物。借用书中的一句话:"一种情怀,来自对安全问题的深入思考;一份责任,包含着多年的经验积累;一首歌谣,设身处地地为老百姓创作才能被牢记。"这是一本很好的科普宣传书。了不起的小三子! 此后,小三子的文章,一篇接一篇地出现在读者面前,出现在我的视野里。

2020年,新冠爆发,为了防止疫情扩散,响应国家号召,大家都宅在家里。那段时间里,小三子更是写了不少文章。她的一篇《因祸得福的口罩文化》,记录了非常时期的生活状态,引起了大家的共鸣和好评。还有一篇《我的朋友——小七子》发表后,转发到朋友圈,熟悉我的微友也对此赞不绝口。

时隔三年,小三子约我见面,原来她又创作了一部长篇小说《适路子》,再一次让我惊喜不已。小三子自信地说,这是一本非常好看的小说,故事性很强。回到家,我迫不及待地一字一句地阅读起来,用了一天的时间,破例没有午休,差不多是一口气读完的。正如小三子所言,小说的故事性很强,书中的主人公圣慧和她的朋友们,就像一群生活在我们身边的邻友一样,是那样可爱、真实,吸引着我一步步地走进他们的生活。小说的故事是从20世纪80年代初期开始的,讲述了16岁的花季少女圣慧,她所经历的纯真甜蜜的初恋、痛苦的失恋、高考落榜及复读后金榜题名和工作后的种种变故等,字里行间流露着纯朴、真挚、励志而又打动人心的意蕴。也许因为我们是同时代的人,我阅读后产生了不少的共鸣——原来小三子是个很会讲故事也很有故事的作家呀,简直令我刮目相看呢!

　　说真的,当今的长篇小说自己很难有耐心读下去,偶尔翻看的也都是些可读性很强的中、短篇小说。而小三子的这部长篇小说,通篇温情生动、扣人心弦、引人入胜,很能抓住人的眼球,让我感觉太棒了!

　　小三子就像书中的圣慧,不光外柔内刚、行侠仗义、有追求、有理想,更惠中秀外,是朋友圈公认的美才女。现在她又开始展示自己的文学才华,这还了得?不"写"则已,一"写"惊人。虽然她是文学道路上的新兵,但我坚信有梦想并为之勤奋努力的小三子,日后定然还会有大动作。

　　作为几十年一以贯之的好姐妹,我想写写多年来的姐妹情深。祝贺小三子的新书出版面世!让我们拭目以待吧!

同别人交流思想、感情和感想是世界上的一大乐趣。

——[俄]果戈理《狂人日记》

第一章　观影路　巧遇艺友

傍晚,蔡永丽一路小跑到圣慧家:"慧慧,今晚工学院放电影!快点,不然就迟到了!"

"好的,我马上来!"

一提到看电影,两个女孩立刻两眼放光,兴致盎然。她们丰富多彩的生活,首先离不开电影。不管哪里放露天电影,哪怕路再远她们都非去不可。露天电影,不仅不要票,而且热闹非凡。宽敞自由的空间、热情洋溢的场面、新颖有趣的内容,吸引着人们从四面八方奔来。大家更为多看了一场电影而扬扬得意。

她俩一路奔跑,如参加越野比赛般地赶到了工学院南边的围墙外。这里有一个缺口,能抄近路,住在西南边的人常从这里翻墙头去工学院。

蔡永丽赶紧先把圣慧扶上了墙头,还没等她跳下去,自己就迫不及待地从她旁边爬上来,并迅速地往下跳。

"哎呀!"蔡永丽忽然摔在了一节大树根上。这节枯死的大树根,由于人们长期在上面踩踏,颜色和地面差不多了。如果从墙头上往下蹦,一不留神就会碰上去跌倒或崴到脚。圣慧急忙转身去扶她,可是她刚站起来又瘫了下去,痛得哎哟、哎哟地叫着,动弹不得。

正在这时,又从墙头上跳下来两个大男孩,圣慧立即向他们求助:"麻烦你们,她摔伤了,能不能帮忙把她送回家?谢谢了!"

两个大男孩正在犹豫时,圣慧又急忙补充说:"今晚的电影,我下次再请你俩看!"

他们来到了蔡永丽身边,其中一个突然喊道:"蔡永丽,是你啊!"

"王强,你也来看电影啊!"蔡永丽已没有了眉飞色舞的兴奋劲,忍着剧痛,无精打采地回答。

王强和蔡永丽分别是四十四中和四十五中初三班的文艺委员,前段时间两校一起排练节目,参加市里举行的联合文艺演出。

"看你这样子可能是伤着骨头了,快到医院拍个片子!"王强说着就毫不犹豫地抱起了蔡永丽向医院奔去,幸好医院就在不远处。可是交费时遇到了问题——蔡永丽和圣慧都没有带钱。

"我带钱了!"这时她们才注意到王强身边一直跟着一个英

俊潇洒的大男孩。

"噢,介绍一下,他是我朋友李涛。这位是……"

"她是我朋友圣慧。"

不一会儿,片子拍出来了,是骨裂。李涛自告奋勇回去取自行车来载蔡永丽,他们三个人在医院走廊等李涛回来。

一贯活泼开朗的蔡永丽已经忘了疼痛:"王强,你们上次排练的小品真不错,这个节目后来怎么没上?"

"和我搭档的那位同学突然转学到外地去了,节目只好取消了。大家都觉得有点可惜。"

"不过,王强,你的单口相声也是一绝啊,把大家笑得肚子都痛了!这些内容你都是从哪里搜集来的呢?真是太好笑啦!"

"内容嘛,保密!——哈哈,和你开玩笑的。这些内容哪里来的都有,有书里看到的,有生活中发现的,还有自己想象的。主题就是幽默,目的是让大家开心、放松。"

"对啦!我想起了几个小笑话,说给你听听,看看可能给你提供点题材。"

"那好啊,你快说!"

"说得不好,你不要笑话我啊。"

"怎么会笑话你呢?快说,我洗耳恭听!"

蔡永丽忽闪着一双会说话的大眼睛,长长的眼睫毛一翘一翘的,红红的嘴唇像含苞待放的红玫瑰一样,配着丰富的表情,有声有色地说起来:"上次我的两个表姐各自带着孩子到上海去看我当兵的表弟,回来时他们想学一句上海话。正好两个老太太在马路边对话:'明遭给侬马得来!'意思就是明天早晨给你买来。一路上她们开心地和孩子们一起背着这句话'明遭给侬马得来',越背越熟,越背越快。回来后大表姐四岁的儿子说给隔壁的小朋友听,小朋友的爸爸听见了,说:'你看,祺祺的英语说得多流利,你呢?笨!'"

"哈哈,蔡永丽,就你说的这个还真好笑,再加一些素材整理成相声,真有笑点。还有笑话吗?再说给我听听。"

"当然有啦,多着呢!知道吗?我的外号叫'活宝'。"

"活宝!哈哈,那太好啦!你就是素材。请你快说给我听!"

"好吧,我再给你说一个。有一个人买了块手表,坐公共汽车时,他故意不坐座位,而是将手高高地举着,抓着扶把,好把手表露出来。他还不停地看表。同伴就问他现在几点了,他没好气地说:'指针正在走咯,又没有停下来,我怎么知道几点了?'"

"哈哈,真是太好笑了!蔡永丽,你还真是'活宝'!再说一个,再说一个!"

"好,好,好!看你的表现这么好,那我再给你说一个我自己的故事。有一天,我大姐在家炖咸肉汤,香得我垂涎欲滴直咽口水。我两个妹妹、两个弟弟和我一样眼巴巴地在锅台边转悠。可我们都怕我大姐,不敢问她可炖好了。我就站在那里看着一锅香喷喷的咸肉汤大声地唱了起来:'我站在那锅台旁,眼望着那翻滚的咸肉汤,哎哟,我的小肚肠!盼大姐您把话发,就让我们一起来尝一尝,我唱大姐好漂亮!'唱得他们几个都笑翻了天!"

"哈哈哈哈,蔡永丽,你真是笑'死'我了!你还真幽默,自编自唱真有才!我发现你有自己的艺术风格,特别有表演天赋,而且你嗓音好。你考虑过以后上艺术学院吗?"

"是吗?我还能上艺术学院?那对我来讲,就是天方夜谭!可这又是我梦寐以求的事。"

"怎么能是天方夜谭呢?你既然梦寐以求,就要有信心,我觉得你可以向这方面发展。我也喜欢文艺,准备报考艺术学院,你要不要有关参考资料?"

"当然要啦,太好了!王强,我真的能考艺术学院吗?我总觉得我是痴心妄想,有种癞蛤蟆想吃天鹅肉的感觉!"

"你这个形容不妥当,又不是适路子(谈恋爱、搞对象)。再说了,就是适路子,你也不比别人差,等你腿好了,可以跳天鹅舞啊!"

"你才多大啊,就想到适路子,多难为情啊。不过,谢谢你的鼓励。等我腿好了,一定要请你看电影!"

"好!我们就癞蛤蟆吃天鹅肉了,怎么着?说不定就能考上艺术学院呢!"

"我们拉个钩吧,不许反悔噢!"蔡永丽笑着伸出了小拇指。

"反悔什么?"王强不解地问。

"给我参考资料啊!"

"噢,那当然啦!男子汉大丈夫,我说话算数!"

"哈哈,你才这么点大就自称大丈夫了。你是大恩人!真是谢谢你,不仅送我来医院,还给我指引了一条艺术之路。"

"我十七啦,当然是大丈夫了!我倒是从没想过要当别人的大恩人,看来一不小心我还立了一大功嘞!哈哈,哈哈。"王强的声音就像他的人一样有力。

"十八岁才成人呢!你才十七岁。"

"那我也马上就成人了!哎,蔡永丽,我突然发觉,要是我们俩合作,那一定是相得益彰、相辅相成,是一对黄金搭档!"王强突发奇想。

"我哪里够格当你的搭档?我应该拜你为师呢!尊敬的师父大人,徒儿给您行礼了。"蔡永丽边说边将双手交叠,高高地举在头上,给王强行了个大礼。

王强笑得前仰后合:"蔡永丽,我真是服了你了!你绝对有表演天赋!"

圣慧在一旁听得入迷,非常欣赏这一对有这么多共同的兴趣。

圣慧看他们热情洋溢地谈论着相声、歌舞、高考、未来,好像有说不完的话,于是她悄悄地离开了医院的走廊。刚走到医院门口的拐弯处,就见一个人骑车急匆匆拐弯冲了过来,圣慧为了避让,哐当一下撞到了停放在边上的一辆自行车。她本能地抱起了被擦到的又酸又麻的右胳膊肘,两人都吓了一跳。圣慧一看,是李涛满头大汗地从自行车上下来了。

"圣慧,碰到你的胳膊了吧?"李涛急忙把自己的自行车靠在一旁的树上,大步地走到圣慧身边,一手拉起圣慧的胳膊,一手握着圣慧的手,将她的胳膊小心地往上抬,并焦急地问,"这样痛吗?"

圣慧不好意思地从他热乎乎的大手中抽回自己的胳膊,说:"没有关系,只是有点酸,一会儿就好了。"

这时李涛才发现自己有点失态,怎么就这样握着人家小姑娘的手呢?他红着脸说:"不好意思啊!吓到你了吧?"

圣慧看李涛那紧张的样子,不禁嫣然一笑,圆圆的脸上染上了红晕,并低头小声地回答了一句"没有"。

李涛推着自行车和圣慧一起缓缓地朝医院的走廊走去。两人都因刚才的事情感觉有些心慌意乱,低头不语。

伤筋动骨一百天,蔡永丽煎熬地在家里过着每一天。圣慧虽然和她不在一个班级,却承担着每天帮她从老师那里拿回作业的任务。平常蔡永丽的两只眼睛大而有神,此时却黯淡无光,她心不在焉地看着作业。要知道,她是喜欢随时随地能蹦蹦跳跳、唱唱笑笑的,此时此刻她却被绑住了手脚。

"你总是愁眉不展,看得我心里也不爽。你不要担心,很快就会好的。你应该永远像只百灵鸟那样机灵快乐!"

"很快就好了吗?那就好了。请你帮我写一首歌好吗?我自己编得乱七八糟的,唱不出名堂。"

"没问题!歌唱家,我正准备给你编歌呢!"很快圣慧就编好了一首歌词送给了她。蔡永丽拿到了歌词,如同快干死的鱼被放进了宽阔的池塘里,顿时眼中又有了光彩,像个音乐家似的发挥自如地哼唱起来:

你的坚强,配得上所有的梦想,
你的磨砺,配得上所有的理想。
人生中,有时遇到许多坎坷,
你却能像一颗种子一样,破土成长。
不畏艰难,拥抱温暖阳光。
你的智慧,配得上所有的成功,
你的外表,配得上你内心的强大。
人生中,有时遇到许多磨难,
你却总是想方设法,乘风破浪。
心胸宽广,迎来无限辉煌。

蔡永丽在音乐上好像有无师自通的天赋,只要看到歌词就能哼出曲调。虽然不专业,但她哼出的曲调也韵味十足、优美动听。

这一天,蔡永丽终于完全康复。她来到了圣慧家的大院,看到圣慧正陶醉在鲜艳欲滴、芳香四溢的月季花旁。只见圣慧手捧花朵,正在和花儿说着话呢:"嗨,你怎么这么美丽!"花儿似乎害羞地微微点头。

"我能经得起所有的诱惑,却每每在你面前驻足,对你情有独钟。"花儿好像得意地随风摇曳。

"我对你垂涎欲滴,却不舍得摘下一朵,因为你雅致清新、纯洁娇艳。"花儿更美滋滋地绽放着。

"噢,是因为你尽情地散发美丽和宜人的香气,让人们如此欢心。"花儿摇头晃脑,似乎很满意她的评价。

"怎么才能像你这么招人喜爱?"花儿愣在那里,好像在思索着怎样回答。

"噢,我知道了!如果有纯洁的心灵和善意的行为,就能产生无穷的美丽,就是真善美!"花儿似乎听懂了圣慧的点评,更加娇艳美丽。

"哈哈,我也知道了,就是真善美!"蔡永丽接过圣慧的话,爽朗地笑了起来。

"阿丽,你终于能出来啦!太好了!我正在给你创作歌词呢。"圣慧兴奋地拉着蔡永丽的手,高兴地蹦了起来。

蔡永丽腿脚恢复了正常,闲不住地要往外跑。正好圣慧家门口的乡政府大院要放露天电影《甜蜜的事业》,听说非常好看。蔡永丽得到了消息就来找圣慧,要一起去看电影。

做人当然要滴水之恩,涌泉相报。她俩都没有忘记上次蔡永丽的脚受伤,是王强和李涛他们俩帮忙送到医院的,还耽误了两人看电影。现在又有电影看了,自然应该叫上他俩一起来看。于是蔡永丽对圣慧说:"我现在就去叫王强和李涛也来看电影!"

"好,我来占位子!"圣慧刚说完,就见蔡永丽一溜烟儿地跑了。圣慧则乐得近水楼台先得月,她来来回回从家里搬来了四个小椅子抢占好的位置,忙得不亦乐乎。

露天电影的场地上很是热闹,大家都在忙着做准备。那些半大不小的孩子,没有带小板凳,家又离得远,来不及回去拿,就搬几个砖头来给家人占位子,或者拾几根小木条摆在地上,还有用菜篮子来占位子的。有人则干脆从旁边的粉笔厂地下捡个粉笔头来画一个圈,以示此地有人。手段五花八门。只要看过露天电影的人都懂这些不成文的规矩,就是无论用什么东西来占位子都算数。大家基本上都遵守这个先来后到的规矩。放映前大家说说笑笑,有的捧着茶杯,有的嗑着瓜子,无忧无虑。来迟的人只能在最后面或是最边上站着,不过,他们只要能看到屏幕就心满意足了。到了开始放映时,大家又立刻鸦雀无声,聚精会神地跟随着电影情节一会儿放声大笑,一会儿提心吊胆,一会儿又心潮澎湃,沉浸在电影情节里不能自拔,时而对坏人愤愤不平、摩拳擦掌,时而又对好人啧啧称赞、敬佩不已。这就是电影的力量,让人在沉浸于故事的过程中,辨别是非,激发斗志,鼓足干劲去实现自己的理想,努力奋斗争做国家的栋梁。

快要到放映的时间了,蔡永丽带着王强和李涛赶来了。四个人刚坐下,只见一对老夫妻气喘吁吁地来到圣慧他们身边,那老头还不住地说:"这么远,还非要赶来看李秀明和李连生这俩演员。哎呀,累死我咯——"两个人累得东倒西歪,好像要站不住的样子。圣慧不经意间发现那个老头的腿是瘸的,她立即毫不犹豫地起身给他让了座,蔡永丽也只好将座位让给了那个老太太。两个男生也同时站了起来,却被蔡永丽按住了:"你们俩是客人,请坐,请坐!"就这样,圣慧和蔡永丽将最先抢占到的最好的位置让给了这对老夫妻。蔡永丽心里到底有些遗憾,伏在圣慧的耳边刚要说什么,圣慧急忙摇头又眨眼,示意她不要说,以免给人家听到了尴尬。

终于开始放映了,人们立刻投入影片的情节之中:20 世纪 70 年代末,勤劳能干又英俊的田五宝是某厂的一名司机,他和社员唐招弟已恋爱了三年。唐招弟勤奋聪明又很美丽,男方催促想要结婚,她说要等到她父亲的甘蔗芽片育秧试验搞成功再结婚。可就在这时,唐招弟的妈妈又生下了第六个女儿。本以为起个招弟、梦弟、来弟这样的名字,就能招来一个弟弟,谁知六个都是女孩!唐招弟的妈妈唐二婶正在气头上,分管计划生育的田五宝的妈妈田大妈来劝说她做节育手术,可是唐二婶说非要生一个男孩不可,不然将来女儿都出嫁了,留下两位老人孤苦伶仃的。唐招弟知道此事,十分烦恼,决定不结婚,留下来陪伴父母一辈子。这可急坏了田五宝。他请来了自己的姐姐四秀来劝说唐招弟,四秀则提出,新时代婚事新办,男到女家。田五宝姐姐的提议使唐招弟茅塞顿开。

这时,父亲的试验成功,公社领导带领大家锣鼓喧天地给唐招弟的父亲唐二叔送来奖状。社员们误以为是唐二婶想通了去做了节育手术,纷纷送来营养品。这让唐二婶感动不已、羞愧难当,决定去做节育手术。

影片的主题曲是《我们的生活充满阳光》,由著名的女高音歌唱家于淑珍演唱,美妙动听,让人回味无穷。电影结束后,几乎人人都在兴奋地哼着这首好记又好听的歌:

幸福的花儿心中开放,
爱情的歌儿随风飘荡,
我们的心儿飞向远方,
憧憬那美好的革命理想。
啊,亲爱的人啊,携手前进,携手前进!
我们的生活充满阳光,充满阳光。
并蒂的花儿竞相开放,
比翼的鸟儿展翅飞翔,
迎着那长征路上战斗的风雨,
为祖国贡献出青春和力量。
啊,亲爱的人啊,携手前进,携手前进!

我们的生活充满阳光,充满阳光!

热情的蔡永丽为了感谢他们上次及时送她去医院救治,提出请他们三个人一起到江淮大剧院对面的一家有名的小吃店吃香干辣椒肉丝面。盛情难却,他们向小吃店进发,一路上哼着刚才听过的那首歌。

适逢十六岁花季,两个女孩除了上学学习和帮家人干家务,就沉浸于看电影的乐趣之中。蔡永丽每次看完电影,很快就学会了唱电影的主题曲。一次学校组织大家观看《洪湖赤卫队》,不久学校举行文艺演出,蔡永丽演唱的曲目就是其中的主题曲《洪湖水浪打浪》。这还嫌不过瘾,她还要亲自扮演韩英,叫来王强扮演刘闯,看得圣慧开怀大笑。

除了露天电影,若是电影院有什么新片放映,她们也是不愿意错过的。这不,蔡永丽又兴奋地跑来找圣慧:"慧慧,你知道吗?现在电影院正在放新片印度电影《流浪者》,听说非常好看!我们约王强和李涛他们一起去看!"

蔡永丽理所当然地想到了王强他们。四个人来到了电影院时,却发现一票难求,窗口已停止售票。眼看着快到开场的时间,他们急忙分头去寻找有没有人退票。

几个人四处张望。正在这时,一个中年男人匆匆赶来,可能他发现了他们在寻找票,就直接走到蔡永丽身边说:"要票吗?

我有两张!"

"要,要!多少钱?"蔡永丽激动地一把抢过票。

这边,王强也"抢"到了两张票。于是他们欣喜若狂地跑进了电影院。没有四张坐在一起的连票,圣慧和李涛只好让无话不谈的蔡永丽和王强坐在了一起。

放映前,圣慧拿着电影简介低头阅读,李涛转身走出了电影院,不一会儿又回来了,手里拿着一包用金色锡纸包装的巧克力,并一把塞到了圣慧的手里。

"谢谢你!你吃吧,这么多。"圣慧不好意思地说。

"吃不掉带回家。"李涛回答圣慧。两人就说了这几句话。

看完电影,他们意犹未尽,沉浸在故事情节之中。特别是浑身散发着音乐气息的蔡永丽,一路上不停地哼着:"啊,阿巴拉古,呜,阿巴拉古……啊,我在流浪,呜,我在流浪——"

哼着哼着,她突然对王强说:"你一定要想办法搞到磁带!好多词我都没有记住,我要学会这首歌!"

"好,这事包在我身上了!"王强积极响应。他在班里是能呼风唤雨、咄嗟立办的人,只要他一号召,同学们就各显神通,不愁搞不到磁带。

果然,只隔了几天,在周末的晚上,王强和李涛穿着喇叭裤、花衬衫,带着双卡录音机,与蔡永丽和圣慧在公园的一角相会。他们一见面,王强就迫不及待地打开录音机,里面播放的是《流浪者》里的歌曲和对话。四个人听了一遍又一遍。蔡永丽按捺

不住了,叫王强和她一起模仿电影里的主人公丽达和拉兹的对话:

"你看,月亮!你看!"

"不,我看云彩。"

"你为什么发愁呢?你为什么不看月亮,偏看乌云?不能告诉我吗?"

"我没有不能告诉你的话。丽达,我们十二年没见面了。"

"是。"

"这十二年有了很多变化。"

"这是拉贡纳特说过的话,我看并不这样。你不觉得吗?我们还和从前一样好!"

"他的话很对,你现在还不完全了解我。现在我做什么,我是个什么人,我的生活,我的家庭,你什么都不知道,丽达。"

"我什么都不想知道,我就知道你就是你。我爱你!"

"丽达,你实在太好了!真像个小孩子!"

蔡永丽和王强模仿力极强,真是一对黄金搭档。他们时而抑扬顿挫声情并茂,时而歌声嘹亮高歌激昂,将《流浪者》里的歌曲和对话表演得精彩至极。两人将《拉兹之歌》唱得余音绕梁、洋洋盈耳,让圣慧和李涛赞叹不已,更引来许多人的围观和阵阵掌声。

　　蔡永丽和王强边唱边扭,优美的身姿不亚于电影中的丽达和拉兹。看着蔡永丽和王强载歌载舞,圣慧想起了李白的一首诗:"金花折风帽,白马小迟回。翩翩舞广袖,似鸟海东来。"

　　圣慧想,他们陶醉在电影的世界里,仿佛自己就是电影里的主人公。似乎无论什么样的电影,他们都能在其中找到自己的角色,演得不亦乐乎。他们身上时刻散发着青春的朝气,感染着身边的人。他们追求时尚,紧跟时代步伐。他们是多么适合走艺术这条道路啊!

求友须在良,得良终相善。

——孟郊《求友》

第二章　赏景路　情意暗生

"慧慧,看,我挖了好多荠菜,可香了,给你妈妈包饺子!"蔡永丽提着一小篮子荠菜出现在圣慧的窗前。

"不用,你留着,我可以自己去挖。"圣慧放下了手中的笔说。

"别跟我客气了,你这样文质彬彬的小才女,哪有我会找荠菜啊?不过呢,为了感谢我的荠菜,你要陪我去一个地方。"

"我不去,我要写作文。"

"这次去的地方风景优美,你写作文也需要采风找题材嘛,一起去吧!"

圣慧给缠得没办法,只好放下写了一半的作文,跟蔡永丽出了门。

蔡永丽带着圣慧来到了逍遥津公园后门的值班室旁。原来她和王强约好了来拿艺校参考资料。王强的身边依旧跟着李涛。

相比一见面就说个没完的蔡永丽和王强,圣慧和李涛性格相似,都少言寡语。圣慧见蔡永丽忙着和王强说话,便自顾自地赏景去了。李涛默默地跟在她的后面欣赏着春意盎然的景色。调皮的王强对着李涛和圣慧大声地说:"嗨!你俩也说说话,都是朋友嘛,干吗那么拘谨?"蔡永丽接着调侃:"他俩是秀才遇到才女,话都在作文里。"

不就是嘛!圣慧又文文静静地去寻找她的"作文题"了。只见她顺着公园旁的两排小竹林缓缓地向前走着,越过几棵古老的大树,又走过百米长的古色古香的青石路,忽然她眼前一亮。环顾四周,圣慧像发现了新大陆一样精神振奋:这里到处花红草绿、鸟语花香。树木枝繁叶茂,花朵姹紫嫣红,美丽的景色让她目不暇接。仰望天空,蓝蓝的天上飘着丝丝白云,头上的树枝已吐出一排排嫩绿的新芽,不时有一两只不知名的小鸟在树枝间一闪而过,清脆的叫声悦耳动听。再看梅花,红梅花枝俏丽,蜡梅花色似金,清香宜人。这边的竹林,叶茂竿似玉,节节攀高升,引来群鸟集会,歌声此起彼伏,美妙至极。

看,地面青草一片,中间夹着长方形的青石,好走又好看。圣慧在此徘徊着、观察着、欣赏着,惬意极了。忽然她又发现了一片绿油油、鲜嫩嫩的荠菜,这是蔡永丽最喜欢挖的野菜。圣慧想要回去告诉蔡永丽,可转念又想,不能告诉她,挖回去一顿吃了太可惜,不如留着让它们开花结籽,明年就会有更多的荠菜了。于是她继续往前走,忽然又发现了一棵长势甚好的大白菜!如果它生长在农家的菜地里肯定不足为奇,可它偏偏仅此一棵地生长在青石旁,看似孤孤单单,却又那么神气活现,长得如此健壮、漂亮,就像一个看似孤独的人,却内心强大,有着坚强不屈的毅力!

圣慧不知自己为什么对这些不起眼的东西如此入迷,也许这源于对大自然的喜爱吧。眼前几只不大不小的鸟儿在不远处的地上东张西望,不时地用嘴在地下啄几下。圣慧停住脚步,怕打扰它们,并用喜爱的目光盯住它们。鸟儿们仿佛知道她的用意,还摆出各种姿势来回应圣慧,一会儿昂首挺胸,一会儿摇头摆尾,一会儿展翅欲飞,可爱极了!

在一个拐弯处,她猛然抬头,又发现了一朵朵紫色的广玉兰正含苞待放,就像一个个亭亭玉立的少女,美丽娇艳,光彩夺目。真是移步换景,景景不同。

圣慧被这一幕幕美景所吸引,感叹大自然如此美妙神奇,让人心旷神怡。

人们都向往着世外桃源,却不知城市之中也有这般景象。这正应了夏元鼎的两句诗:"踏破铁鞋无觅处,得来全不费工夫。"原来世外桃源就在眼前啊!

圣慧顺着刚才那条青石路,慢慢地往回走,准备去告诉蔡永丽这一美景。远远地,她看到蔡永丽和王强正聚精会神地研究着他们手中的资料,圣慧便停住了脚步。

初春的早晨,天气还是凉丝丝的,圣慧不由得将两只胳膊抱在了胸前。此时李涛从她的背后默默地递过来一条大红色的围巾。圣慧全然不知李涛是何时跟在自己后面的,回过头来。这是她第一次与李涛四目相视。刹那间,她羞红了那洁白粉嫩的圆脸。于是她又急忙转回身。

李涛依然举着围巾,说:"送给你的!"他伸出长长的手臂,手中的围巾在圣慧的眼前飘着,那么耀眼。圣慧喜欢大红色,它象征着喜庆、吉祥。可她不能接受别人的东西。圣慧正在迟疑,想着如何拒绝他的礼物,只听他又说:"收下吧!感谢你上次约我们看电影。"圣慧觉得很不值得为了这点小事就送围巾,况且上次看电影还是蔡永丽提出约两个男孩的。但不知怎么了,圣慧此时说不出拒绝的话,总感觉不能让这个腼腆的大男孩太尴尬。圣慧只好接过围巾,说声"谢谢"后就不好意思再和他说话了,他也沉默不语。

这时蔡永丽和王强走了过来。王强对大家说:"来而不往非礼也,今天,我请你们吃香干肉丝面!"

"太好了,我们去吃香干肉丝面咯!"蔡永丽跟着起哄。

分别时王强和蔡永丽又约好了清明节一起到大蜀山革命烈士陵园去扫墓,圣慧则和蔡永丽提出顺便在大蜀山挖点野菜送给敬老院包饺子。

清明节这天,半夜一点钟,蔡永丽就来到了圣慧房间的窗前悄悄地喊她。圣慧睡眼蒙眬地抬头看了看墙上的挂钟:"阿丽,才凌晨一点钟呢!"蔡永丽看看天空,原来是月亮照亮了大地,她还以为是天亮了。蔡永丽大笑:"我真糊涂!"又回去睡觉了。到了凌晨四点钟,蔡永丽又来敲窗户,于是天刚蒙蒙亮,她们就出发了。不一会儿,两人就到了约定地点,远远地就看见两个神气活现的大男孩一人推着一辆二八式自行车等在那里。

蔡永丽自然坐在王强自行车的后座上,而且她还调皮地背对着王强坐着,振振有词地说要"背道而驰"。王强纠正说应该要"背暗投明",蔡永丽接着说是"背水一战",王强说这个词更不妥当,不如说"背井离乡",蔡永丽又说是"背恩忘义"。王强哈哈大笑说:"这个词适合你。"

蔡永丽噘着小嘴说:"你竟跟我作对!"

王强笑着说:"你应该说腹背受敌!"

"这个词是什么意思啊?你别臭人家嘛!"蔡永丽大叫着。

"这是个成语,比喻前后受到敌人的夹攻。"王强开心地解释着。

"谁说我前后都有敌人了?最起码后面的李涛和慧慧都是我的铁杆哥们儿!就前面你一个是敌人,也不是我对手啊!"蔡永丽急忙辩解。

"哈哈,你反应还真快,这就对号入座啦!不错,不错,头脑不笨,大有潜力可挖。你赶快转过身来坐好,不要'背道而驰'了,我可要加快速度喽,这样坐着危险!"王强说着就停下了车,让蔡永丽转个身。

圣慧坐在李涛的自行车后面,她有点不好意思,好在一大早路上行人稀少,没有人注意他们。王强和李涛在顺畅的长江路上"风驰电掣"地向西驶去。浑身充满活力的两个大男孩在宽敞的路上,时而骑成S形,时而单手放把,有时还伸展双臂双手放把,吓得蔡永丽和圣慧在后面大叫起来,不停地喊他俩慢点骑,王强和李涛终于正经起来。

兴奋的蔡永丽坐在后座上手舞足蹈,嘴里唱个不停。而圣慧就文静多了,看着路边正在争先恐后冒出绿色新芽的一排排树木,正快速地向后退去,圣慧的心也一下子变得敞敞亮亮的,不觉地唱起她曾经在学校大会上独唱的一首优美的歌曲:"太阳最红,毛主席最亲,您的光辉思想永远照我心。春风最暖,毛主席最亲,您的革命路线永远指航程。您的功绩比天高,您的恩情比海深,心中的太阳永不落,您永远和我们心连心啊……"

优美的旋律、振奋人心的歌词使李涛和王强不由自主地放慢了骑车的速度。圣慧知道,是李涛在让她好好地唱,而他们也在好好地听。这时蔡永丽跟着唱起来,最后就变成了四个人激昂的合唱,歌声在清晨的天空中激荡:

是您砸碎了铁锁链啰,奴隶翻身做主人;是您驱散了云和雾啊,阳光普照,大地换新春;是您开出了幸福泉啰,千秋万代流不尽;是您开辟的金光道啊,我们坚定不移向前进……

他们将自行车停在三十二中传达室旁边——这里有人看守车——然后转乘公交车。早班车上还没有其他的乘客,售票员主动和他们打招呼:"早上好,你们四个人真早啊!"

活泼的蔡永丽兴奋地回应:"两位师傅早,你们辛苦啦!"她坐在最前排的座位上,透过车窗看着前面的车轮滚滚,激动的心情又燃烧起来,随即唱起了《火车向着韶山跑》这首歌,大家也跟着唱了起来:"呜,轰隆隆,隆隆,车轮飞,汽笛叫,火车向着韶山跑……"售票员和司机也跟着他们摇头晃脑地哼着。车厢里欢歌笑语,歌声飞扬。

下了公交车,没走多远就是大蜀山革命烈士陵园。清晨的大蜀山,雾气氤氲,空气新鲜,在绿植覆盖下,风光旖旎,景色如画。当他们看到坐落在山下的烈士公墓时,圣慧和蔡永丽急忙从旁边的草地上采来了两束鲜艳的野花。四个人一起庄严地向革命烈士们鞠躬并献上鲜花。这时来革命烈士陵园祭拜烈士的人渐渐地多起来。他们一行往山上走去,边走边寻找荠菜、蒲公英、马兰头、野蒜等野菜。圣慧和蔡永丽兴致勃勃地说比赛看两人谁挖的野菜多,于是她们分头去寻找。

不一会儿,圣慧突然喊道:"阿丽,快看,好多蒲公英!都开出了黄色的花儿,好漂亮啊!"回头一看,蔡永丽已经走远了。她心中窃喜,心想这次一定比阿丽挖的野菜多,便急忙向前跑去。

"哎呀!"圣慧尖叫了一声,她被一块石头绊倒,一个趔趄,滑下了山坡。此时正好在她下方的李涛一个箭步跨过去挡住了圣慧。由于惯性太大,李涛被圣慧撞得站不稳,顺手抓住身边的树枝,左手掌却被带刺的树枝划得血淋淋的。

"啊,你流血了!"圣慧担心地指着李涛的手。她愣了一下,急忙从书包里拿出简易药盒,药盒里有纱布、消毒棉球、消炎药等。她动作麻利地取出消毒棉球,握住李涛的手,准备给他止血及清洗伤口。只见李涛"噢"的一声,痛得蹲在地上。

"很痛吗?"圣慧看到李涛紧锁眉头疼痛难忍的表情,急忙跟着弯下腰来,焦急地用嘴对着伤口不停地吹着。李涛用右手握着左手,痛得眼睛紧闭地抽气。好一会儿,他抬头睁眼时,看见圣慧紧张地噘着小嘴、嘴巴一鼓一鼓地对着伤口不停地吹着的模样,可爱至极,他忍不住偷偷地笑了起来。李涛感觉她这一吹还真减少了一些疼痛。

"你还真细心,怎么知道带药盒?"李涛突然开口问道。

圣慧紧张地抬头看了他一眼,见他舒展了眉头,好像缓解了一些疼痛,才松了一口气。她继续小心翼翼地为李涛包扎伤口,同时对他说:"很痛吧?你现在就想着自己像《洪湖赤卫队》里的刘闯他们那样,打败了敌人,就是负了伤,心情也是愉快的!不然再想着红军爬雪山过草地,忍饥挨饿,负伤前行,我们这点伤没有什么,很快就会好的!"

李涛心里暗笑她的比喻真是天真可爱,就说:"若是想到电影就不痛了,为什么不想到拉兹和丽达的对话呢:你可等我呀! 你真能等我吗？——三年的时光不很长,亲爱的,我一定等你!"

"不能说这样的话,不吉利! 他是小偷,你不可能!"圣慧急忙用手捂住了李涛的嘴,突然又想自己怎么能这样举止鲁莽,便又迅速地将手放下,脸一下子羞得通红通红的。

李涛大笑起来:"这只是电影而已。你还没有回答我呢! 你怎么想起来带药盒的?"

"噢,我妈说出门要记住带上这三样东西:晴带雨伞,饱带饥粮,药盒不忘。要防患于未然,这样假如在路上遇到了下雨、饥饿、生病,就有了临时解决问题的办法。"圣慧在说话之时慢慢地缓解了刚才的紧张情绪。

"你妈说得真有道理,看来你非常听你妈妈的话。"

"当然啦! 哪有妈妈不为自己孩子好的? 你不听你妈妈的话吗? 看样子你是桀骜不驯、随心所欲的人,我说得对吗?"

"一半对,一半不对。"

"为什么一半对,一半不对呢?"

"因为有时候听,有时候不听。"

"为什么不听呢? 难道你妈妈说的不对你的胃口? 比如你要抽烟,她不允许;你要喝酒,她反对;你要出去玩耍,她叫你看书。我猜对了吧?"

"真是个机灵鬼! 猜对了,给你一百分!"

"那可不行,你不能不听你妈妈的话!人家常说,不听老人言,吃亏在眼前。我知道你觉得这些都是小事,可司马光说过:'燎原之火,生于荧荧;怀山之水,漏于涓涓。'看似微小的好事可能会引起大发展,而看似微小的坏事也会导致灭亡。也就如同刘备说的:'勿以恶小而为之,勿以善小而不为。'对了,记住你的手,这几天都不能沾水,防止感染发炎!"

"是,遵命!你把司马光和刘备都搬出来了,我要是敢不听,你还不得把孙悟空也搬出来对付我啊?要是再给我套个紧箍,我就更逃不出你的手掌心啦!"圣慧听到此话,不好意思起来,她竟然没有注意到自己毫无顾忌地在李涛面前滔滔不绝地说教着。李涛也突然发现自己怎么就这样和她开起了玩笑,好像和她是很熟悉、很亲密的朋友了。

两人第一次微笑地对视,第一次这么亲密地接触,也第一次这样无拘无束地侃侃而谈。李涛这次虽然手受伤了,但还美滋滋地觉得这是个幸福的意外,因为他更有理由接近这位看似沉默不语深不可测、实则豪侠尚义单纯善良的小姑娘了。同样,圣慧看到李涛为了保护自己奋不顾身将手伤成这样,对他的好感也油然而生。

两人缓慢地往山下走着。李涛用右手托着包扎好的左手,圣慧则在一旁一边拽着他的胳膊,一边提醒他慢点走,担心他摔倒或碰到伤口。

"有的人很美,她自己却不知道、不认为。"李涛边走边若有所思地说。

"你是说你自己吗？虽然很帅,自己却不知道、不认为。那是审美不灵敏。"圣慧接过李涛的话。

"不是这样的。人的美,不仅仅在外表,内涵也非常重要。比如,有思想,有远见,这就是美。"

"看不出来,你还有这么高的思想境界。我还以为外表很帅的人,见解可能比较浅薄呢！因为我听人说,长得漂亮的人,受干扰太多,所以影响学习和见识。"

"那我也听说过,很有文化的人,大多是美女。就算她生来不太美,但经过文化的熏陶,也会变得越来越美。所以说'腹有诗书气自华'嘛！"

圣慧觉得李涛是在恭维自己,又不好意思起来,岔开了话题："你了解得还真不少呢！看来还真是'三人行必有我师'。"

"是两人,我的小姐姐！"

"你有两个人的智慧,所以是三人,小哥哥！"

"看来,我语文、数学都搞不过你,我甘拜下风。"

"不要急着下定论,要有赶超的劲头。我看你有很多方面都比我强！"

"我不想超过你,也不会超过你！如果能做你的跟屁虫我就很乐意啦。"李涛说着就往前跑了。

"慢点,跟屁虫应该在我的后面！"

"不用担心,我的手已经不痛了。"

到了中午,他们四个人在景色优美、地势较平坦的半山腰找了块空地,铺上了塑料铺垫,兴致勃勃地将各自带来的食品、饮料都拿了出来,一起分享。

目光锐利的王强看着腼腆的圣慧,风趣地说:"圣慧,今天李涛可是英雄救美,为你受伤了,你可要敬他一杯哦!"

圣慧急忙站起来举杯说:"谢谢你,李涛!这两天抽时间我给你换药。"

蔡永丽也主动站起来说:"王强,也谢谢你和李涛!我可不会忘了你们也是我的恩人!"说着她就用甜美的歌声唱了起来,"谢谢你,给我的关怀,今生今世永不忘怀;谢谢你,给我的鼓励,我会坚持努力学习。"欢声笑语在山间飞荡。

从大蜀山下来,他们回到了三十二中取自行车,又一路奔驰去了"兴华敬老院",带着丰收的成果——挖来的野菜,还有事先准备的面包、巧克力,走进了敬老院的大门。圣慧不停地和院长、工作人员及老人们打着招呼。原来圣慧经常和她母亲一起来敬老院做义工。一位老奶奶满面笑容地和她打着招呼,并对身边的老人说:"你看,这是乡政府妇联曹主任的小女儿,和她妈妈一样心地善良。这不,又带人来帮助我们啦,真是个好孩子!"

王强听说圣慧经常来做义工,很是惊讶,当即提议:"我们以后要向圣慧学习,多做善事、做有意义的事。"

"今天我们不就做了很有意义的事吗?既缅怀了革命烈士,又帮助了敬老院的老人。以后你们两个男生还有我,都要经常和慧慧来这里做义工哦!"蔡永丽说着笑着转过身,面对着两个男生,调皮地用手指像点数一样来回地指着王强和李涛。两个男生高兴地同时点头表示赞同。

"这就对了嘛,革命的好同志!"蔡永丽边说边往后倒退着走。一不留神,她就一脚踏进了一处洼地里,一屁股跌坐在地上,跌了个四脚朝天。王强急忙大步跨到蔡永丽身边蹲下来准备将她拉起,可蔡永丽看到大家都在哈哈大笑,干脆躺在地下跷起了二郎腿,说自己是累了,故意躺倒,想休息休息。王强劝她起来,她却闭目养神了。圣慧掩口而笑,慢慢地往前走,李涛也笑着跟在了圣慧的后面。

"丽丽,你累了吗?起来,我背你。"王强悄悄地对蔡永丽说。蔡永丽霍然睁开了她那美丽的大眼睛,看到王强正专注地看着自己,脸一下子就红了。她微笑着将脸侧到了一边,却伸出两只手。王强拉住她的两只手,用力地将她拽了起来,蔡永丽的身体重重地撞在了王强的身上。两人的距离近得似乎听得到对方的心跳声,他们似触电一般,不好意思地迅速分开了。

"你能背动我吗?我很重哎。"蔡永丽慢声细语,一改往日的大大咧咧,像淑女一样羞涩起来。

"能!上次到医院,我不是能抱动你吗?"王强坚定地说。

"那时你是救死扶伤做好事当英雄,现在就不一定有这个力气了。"

"有,我对你永远有力气!"

"你说得人家都不好意思了,不过,上次还是谢谢你!"

"不用谢,我愿意!我们俩一起努力,争取考上艺校!"

"好啊!你要当我的指导老师,不许抛下我哦。不然,我可天天到你面前去哭!"

"我看你可不是那种爱哭鼻子的女孩子,整天就像个男孩子一样。"

"人到伤心处,都会哭鼻子,只是有的人偷偷地哭,不让别人看见。"

"那你伤心过吗?偷偷地哭过吗?我倒想看看你哭鼻子的样子,一定很可爱!"

"谁没有伤心过?要是你能考上艺校,我考不上,我一定哭死给你看!"

"不不不,我不要看你这样哭!丽丽,你一定能考上,我们俩都能考上!我们一起努力。要相信自己!"

"是,王老师!学生给你敬个礼。"蔡永丽说着,像军人一样给王强敬了个军礼,逗得王强大笑起来:"漂亮!英姿飒爽!我说嘛,以你的性格,才不会哭鼻子呢。"他们幸福地说笑着,谈论着未来的理想。

"珍贵的友情总是一点一滴凝聚起来的,它包含了许多欢笑、温馨、浪漫,许多记忆。"哲人的话,总是那么有道理。

善虽小,为之不已,将成全德;过虽小,积之不已,将为大憝。

——《明史·吕本传》

第三章　善意路　惊心动魄

在敬老院,他们看到了一个个孤寡老人期盼的眼神,老人们看到了他们,就像看到了自己的孩子一样高兴,这使他们时常想到要去敬老院做善事。

一天晚上,他们又约好了来到了逍遥津公园的池塘边,准备钓鱼送到敬老院。就在这时,有几个像警察模样的人向他们走来。蔡永丽拔腿就跑,圣慧一看她跑了,也紧跟其后。那几个人跟在后面紧追不舍。跑到了公园的后门,看着大约有三米高的铁门,蔡永丽和圣慧噌地一下就爬上来翻过去了。可是两个男生没有跑,被他们逮到了。果然是逍遥津派出所的民警,以为他们在偷花。

由于王强和李涛坚决不"供出"两位女生的身份,警察一直在做他俩的思想工作:

"我再问你一遍,那两个女孩你们可认识?她们为什么要跑?她们是来偷花的吗?"

"认识啊!她们怎么可能是来偷花的?你们检查看看哪根树枝受损了?就凭她们长得像花儿一样美丽,也会爱护花而不会干偷花这种事啊!她们可能看你们没有穿警服,以为你们是坏人,所以就被吓跑了。"王强回答。

"那她们是干什么的?在哪个学校?我们要叫她们来证实你们两个人可是骗子。"

"我们怎么可能是骗子?你看我哪点长得像骗子?"

"那骗子长什么样子?你能看出来吗?"警察问王强。

"骗子不都长得贼眉鼠眼的?像我这种浓眉大眼的,还演过《洪湖赤卫队》里的刘闯,能是骗子吗?我们就是约好了来钓鱼,然后送到敬老院给老人们做鱼汤!"

"你是演《洪湖赤卫队》里的那个刘闯的?笑话!你才多大啊?那个电影里的演员是你?这就说明你是骗子嘛!"

"哎呀,真和你说不清!我是自己演刘闯的……不是,我是说我和蔡永丽都是班级文艺委员,蔡永丽就是你们问的那两个女生中的一个。我们看过电影,就自己模仿着来演刘闯和韩英这样的角色。我们都不是你们怀疑的坏人!"

"如果你们说的钓鱼送给敬老院这件事属实,那下次我们辖区公园的河里捕鱼,我们就通知你们来拿一些去送给敬老院。这也是好人好事嘛!不过你们要让那两个女生来派出所证实你们没有说谎,我们不会为难她们的。还有,你说贼眉鼠眼才是骗子,那是电影里演的,而且演坏人的演员哪一个不是心地善良的人?所以不要以貌取人,我告诉你,骗子是不分长相的,浓眉大眼的人中也有坏人。"警察摆出严肃的样子和王强对话,可又被王强的古灵精怪逗得心里直乐,想着从这小子的谈吐来看也不像是地痞流氓。他们将李涛和王强隔离开来,分别对他们问来问去,看他俩说的基本一致,就放出了李涛,叫他通知圣慧和蔡永丽到派出所做个笔录,之后就把王强也放了出来。

蔡永丽还责怪王强和李涛为什么这么死脑筋,不早一点配合民警通知她们来,这样他们不就能早一点出来了吗?不过,蔡永丽又夸他俩守口如瓶,真够哥们儿!

到了暑假,鲜嫩饱满的莲藕成熟了。蔡永丽的爷爷奶奶在岗集乡下种了几亩田的莲藕。每年莲藕成熟的时候,蔡永丽和圣慧都去帮两位老人扒藕。起初,圣慧试着下藕塘,心里总是有些害怕,因为荷叶的枝茎上长着很多小刺,一碰上,皮肤就会被划出一道道划痕。不过蔡永丽从小就经常到爷爷奶奶家跟着他们扒藕,已经熟练掌握,手到擒来。看到蔡永丽将一节节鲜嫩的莲藕扒出,圣慧也不甘示弱,大胆地下到藕塘里,腿上的划痕自然是越来越多。可当她的手在泥水里摸到一节节胖嘟嘟的莲藕并小心翼翼地扒出一个完整的藕时,她欣喜得早已不顾伤痕了。就这样越干越有劲,她慢慢地掌握了一些扒藕的技巧。

夏天扒藕比冬天容易,藕塘里有些浅水。要先找到藕芽,藕芽越粗,下面的藕就越大。然后先用脚踩到藕,再将围着藕身的泥巴用手或者用脚慢慢地褪掉,再轻轻地将莲藕慢慢地抽出来,就能扒出一条大约有一米长的完整的藕。如果藕身的泥巴没有被完全褪掉,扒藕时就会将藕抽断。

冬天,圣慧也和蔡永丽来扒过藕,因为天冷,要穿着大胶鞋,而且藕塘里没有什么水,泥巴被冻得坚硬,要用铁锹来挖泥巴,一不小心就会将藕挖断。她们尝试过在这样寒冷的冬天里,深一脚浅一脚又被泥巴粘住、在藕塘里挣扎的艰难,因此在心里非常尊重像爷爷奶奶这样的农民。

农忙季节,她们也会来这里帮爷爷奶奶做些力所能及的事。虽然辛苦,但乐在其中,也很有成就感。圣慧帮他们插过秧,也帮忙打过稻谷。圣慧还用过连枷——大约五十厘米长、二十厘米宽的一个条形木板,用轴轮固定在一根粗长的棍子一端。打稻谷时将棍子高高举起,在往下落时翻动连枷,使连枷的整个面朝着地面上的稻谷,重重地拍打下来,使稻米和稻壳分离开来。如果不能把握好翻动轴轮的时间和力度,可能连枷就翻不过来,更别说将它打在稻谷上了。圣慧练习了很多次才掌握了方法,起初她就像翻大山一样笨拙吃力。看着一群农人熟练的手法和矫健的身姿,圣慧打心眼里佩服他们。她默默地在心里编制了一首赞美农村的歌:

丰收景

农村的小孩,越来越豪迈。

假期来实践,田园日记写。
爷爷竖拇指,奶奶乐开怀。
蓝天伴田野,阳光普照来。
鱼米之乡强,龙腾虎跃棒。
雨水滋润苗,一夜节节高。
丰收季节到,稻穗弯下腰。
蛙鸣处处唱,米饭十里香。
鸡鸭嘎嘎叫,喜鹊空中笑。
蔬菜绿油油,生态又环保。
莲藕白胖胖,丰收好景象。
葡萄一串串,漂亮又香甜。
人人唱和谐,创新又改革。
房前屋后树,繁茂枝叶多。
党的政策好,生活步步高。
农民丰收乐,幸福在中国。

圣慧编好了这首歌谣,还觉得不足以表达农村的大气广袤和农民的亲切,于是又编制了一首小诗《美丽的乡村》:

乡村是一道通向天边的山坡,
坡上有开不完的野花,五彩缤纷。
坡下有成梯成片的田园,一望无际。

田园边,是那古老的村落,
那里有人们儿时的美好记忆,
还有用勤劳换来的丰收盛景。
四季的风,带着各自的性格,
吻遍乡村的角角落落。
经过了风吹雨打,
留下的是乡亲的洒脱与坚韧。
无论是遇到雨水的浇灌,或是太阳的温暖,
可爱的爷爷奶奶、父老乡亲,
都能让这自然的美和无限的欢乐,
洒遍这美丽的乡村。

这次王强和李涛知道蔡永丽她们要去乡下扒藕,也兴致勃勃地跟着来了。他们坐了一段公交车,下来还要走过长长的七扭八弯的田埂小道,才能到蔡永丽的爷爷奶奶家。

一路上,他们陶醉在这田野风光里,远远地看着牛群悠然自得地吃着绿绿的青草,闻着这泥土散发出的特有的香味,他们就像一群被释放的鸭子,尽情地展开翅膀,投入大自然的怀抱。不远处的河塘中,不时有白鹭飞过,路边开满了五颜六色的小野花,微风吹起,花朵摇曳,真是美极了。

蔡永丽触景生情,唱起了《乡间的小路》,大家跟着一起唱了起来:

走在乡间的小路上,

暮归的老牛是我同伴,

蓝天配朵夕阳在胸膛,

缤纷的云彩是晚霞的衣裳。

荷把锄头在肩上,

牧童的歌声在荡漾,

喔喔喔喔他们唱,

还有一支短笛隐约在吹响。

笑意写在脸上,哼一曲乡居小唱,

任思绪在晚风中飞扬。

多少落寞惆怅,都随晚风飘散,

遗忘在乡间的小路上。

大家正唱得起劲,突然,圣慧大叫起来:"你们看,好多鱼!"他们急忙走近一看,只见一个位置比较高的水田有个大缺口,在往低处的水田里淌水。水流很急,将低处砸出一个水缸大的坑,一群鱼在水坑里噘着嘴想迎着水逆流而上。看着这些大大小小的鱼,真是惊喜!这种情景,可把他们四个人乐坏了。

李涛脱口而出:"今天有鱼送到敬老院了!"

王强接着说:"哈哈,这不归警察管咯,是大自然赏赐给我们的!"

他们俩立即脱下外套和鞋子,卷起裤腿直接下到了水坑里捞鱼,蔡永丽和圣慧在上面接着,一条条大小不一、活泼可爱的鲫鱼连带着几条杂鱼被王强和李涛甩了上来。四个人手忙脚乱、喜不自禁。就在这个小水坑里,他们逮到了十几条鱼。圣慧往前面的稻田看了一下,好像有类似的水坑,就走过去观察,果然又发现了两个这样的水坑,里面满是鱼,煞是喜人。她激动地挥舞着帽子,一改往日的矜持,大叫起来:"快来啊!好多鱼啊!"王强和李涛又兴奋地跳入第二个水坑,将逮到的鱼一条一条地往上面甩。蔡永丽急忙去不远处她爷爷奶奶家里取木桶来装鱼。圣慧看着第三处水坑里的鱼,等不及两个男生来捉了。她激动地脱下鞋子、挽起裤脚就下到了水里。这是她第一次逮鱼,兴奋无比。可是几次明明就要逮到手了,鱼却从手中滑脱了。原来鱼很机灵,鱼身很滑,不是轻易能逮到的。圣慧想了一下,改变了方法,对着鱼身体的中间向头部偏一点的位置下手,这样鱼挣脱着向前一蹿时,自己正好能紧紧地掐住鱼的中间。圣慧用这种办法,果然成功地逮住了一条鱼。她激动地呼喊着:"我逮到一条大鱼啦!"就这样她接连抓住了四五条鱼,人生第一次尝试了徒手逮鱼的乐趣,真是太过瘾了!

就在这时,蔡永丽风一样地跑着拿来了木桶。他们装了满满一桶活蹦乱跳的鱼才收手,来到蔡永丽的爷爷奶奶家。

王强和李涛他们虽然是第一次扒藕,却很快就掌握了方法,扒出的藕基本上都是完整的。四个人开始分工合作,蔡永丽负责将他们扒出的藕传递到岸上,圣慧负责清洗,并将清洗干净的莲藕整整齐齐地摆放在板车上,好让爷爷奶奶拉着板车将莲藕运到市场上去卖。一下午时间,他们就扒出了整整一板车的莲藕。

蔡永丽的奶奶给他们煮了红糖糯米莲藕饭,香甜可口,美味极了。临走时爷爷奶奶给他们塞上很多莲藕,直到他们连连摆手,表示再多就提不动了,两个老人才作罢。

回去的路上,他们看看对方都变成了泥猴子,忍俊不禁。即便如此,每个人的心里都乐滋滋的。他们切身感受到了劳动虽很辛苦,却能锻炼人的意志,使人身心健康,更主要的是很有成就感。带着丰硕的成果——自己扒出的莲藕和意外的惊喜——大自然赏赐他们的鱼,大家兴高采烈地走在去敬老院的路上。两个男生抬着"战利品",王强还时不时走着舞步,蔡永丽跟在后面不停地欢笑着。

四个人将鱼和藕送到敬老院时,敬老院正好在准备做晚饭。张院长极力挽留他们在敬老院一起吃饭,见他们不肯,就说:"你们几个人帮我们一起杀鱼、洗藕,我们做一大锅鱼汤和一大锅糯米藕和老人们一起吃,那他们才高兴呢!知道吗?这些老人大多数是无儿无女的'五保'户,可伤心了。你们的到来,给他们增添了很多乐趣。"听了院长的一席话,圣慧他们都很乐意地留了下来,又开始忙碌起来。王强和李涛主动要求杀鱼,圣慧和蔡永丽来洗藕。

张院长则在圣慧旁边,一边和她们洗藕,一边对圣慧说:"慧慧,我一想到你妈妈,就想到古人的一句话:'君子贵人贱己,先人而后己。'你妈妈就是这样一个人,她尊重别人,把最底层的百姓看得很重,却把干部出身的自己看得很轻。凡事都先考虑别人,有着无私的奉献精神。我像你们这么大时就经常和你妈妈在一起做事了。她对我就像对待自己的亲妹妹一样,我非常敬佩她,她到哪里我都跟着。那些年,她大年初一就开始带领我们去扒河修建水利。"

"为什么大年初一这么冷的天就要去扒河呢?"蔡永丽不解地问道。

"不然就来不及了,春天农民都要忙着播种,老天爷不下雨就需要水库的蓄水,水库修不好到梅雨季节要是发大水就会将庄稼淹没。因此天再冷,也要迎难而上。别看她小小的个子,干起活来却像个勇猛的男子汉,可舍得出力了!记得在1956年她就被评为社会主义建设积极分子、省劳动模范啦。"

"哇,慧慧,你妈这么厉害!我还不知道她有这么多功劳呢!"蔡永丽接过话说。

"是啊,慧慧的妈妈也很善良,经常到我们这里来给老人们送吃的、穿的。她对自己非常节俭,从来不买好看的衣服,穿得朴素,吃得清淡。她当供销社主任时,不准干部多买一份食品,将节省下来的粮食发放给老百姓。在那粮食紧缺的年代,真是十粒米一条命啊!她救了很多人的命,老百姓都喜爱她。不久前她还获得了全国妇联颁发的'为妇女解放事业做出积极贡献'的纪念奖章和荣誉证书。"

"是吗？慧慧，你看过这个奖章吗？要拿给我看看，让我欣赏欣赏！"蔡永丽激动地说。

李涛心想，原来娇小玲珑也能干出惊天动地的大事，怪不得自己对圣慧有一种发自内心的倾慕，她的言行举止中一定有她母亲的影子。

"这是值得你们欣赏的。我们这位主任非常谦虚，外表朴实，从来不摆架子。你们这些孩子身上也有她的影子，还经常想到我们敬老院的老人们，你们真是心善德美的好孩子啊！"张院长高兴地赞美着。

"张院长，我们以后要以圣慧的妈妈为榜样，尊老爱幼，助人为乐，为社会多做贡献。"王强的话让张院长赞不绝口。

教育别人和关心别人的时候,是一个人进行自我教育的最好机会。

——[苏]苏霍姆林斯基《给教师的一百条建议》

第四章　兴趣路　节外生枝

不久是蔡永丽的生日,圣慧送给她一个礼物:"这首小闹钟的歌词送给你,下次就不要凌晨一点钟就起来啦。"

圣慧知道她一定会喜欢这个礼物。果然蔡永丽急忙接过歌词,兴奋地读了起来:

美丽的小鸟　理想的小闹钟

每当天蒙蒙亮,就听到你清脆的歌声在空中回荡。

一定是理想叫醒了你,你的声音是那么的清脆嘹亮。

无论刮风下雨,你都会对着大地与天空歌唱。

唤起了人们十足干劲,你的声音那么美妙悠扬。

美丽的小鸟,理想的小闹钟,

我们生长在一个地球家园,你是人类的好朋友。

我们共同为美好的家园锦上添花。

你的勤奋,是我们学习的榜样,

你的歌声,让我们斗志昂扬。

永远激励着我们,信心百倍去实现理想。

"这份生日礼物不错,写得有特色!"蔡永丽边赞美边照着歌词唱了起来,虽然没有谱曲,可是她会按照她自己喜欢的音调即兴歌唱。她的宗旨是只要自己喜欢,想怎么唱就怎么唱。只见她拿着歌词,随意扭动着,甩起了可爱的马尾辫又跳又唱。擅长歌舞的她,在不知不觉中将艺术特长发挥得淋漓尽致。

蔡永丽多才多艺,能歌善舞。她激情四射,洒脱直爽,连走路都带着风。她的激情也总能感染身边的人。

圣慧的性格则是柔中带刚的。她和蔡永丽看似不同,却能互相欣赏,也是铁"哥们儿"。

晚上,圣慧正准备睡觉,蔡永丽却在窗外急促地喊着:"慧慧,慧慧!你出来一趟!"圣慧打开窗户,一看蔡永丽眼泪汪汪的,急忙问是怎么回事。蔡永丽伸出胳膊,上面都是青一块紫一块的伤痕。圣慧正在疑惑是怎么回事,蔡永丽就说是她姐姐打的。

蔡永丽家有五个女孩和两个男孩,她排行老三。她的两个姐姐都很勤奋,而且已经工作挣钱,能养家糊口了。而蔡永丽和她的两个弟弟和两个妹妹"吃闲饭",在家晃悠又不主动帮着做家务,时常让她两个能干的姐姐看不顺眼。由于她父母忙于工作,顾不到下面这五个小孩,就放权给两个姐姐管理。大姐上班比较远,一星期才回来一趟,在上学的三个弟妹就由大姐星期天回来检查作业,最小的两个妹妹由二姐每天下班后看管。

蔡永丽喜欢文艺,整天唱歌跳舞,可是文化课成绩实在让人不敢恭维。见她成绩不好,还整天无忧无虑地蹦蹦跳跳,她家人更不高兴了。每次她大姐检查试卷,只要看到有不及格的,蔡永丽就免不了皮肉之苦。这次大姐回来,看到蔡永丽没及格的数学卷子,又挥动鸡毛掸将她一顿好打,活泼的蔡永丽成了"残兵败将",向圣慧哭诉着:"难道我就死路一条了吗?大姐她怎么还不出嫁呢?她虎视眈眈的样子,就像个母夜叉,吓得我脊梁骨都冒冷汗。"

"哈哈,幸亏你还有一个怕的人,不然你不无法无天了?你大姐有男朋友了吗?要是她结婚了,你还不要上天了!"圣慧的话又让蔡永丽破涕为笑。不过,圣慧在安慰她的同时也提醒她以后要加强文化基础知识的学习,说她大姐虽然教育方法不对,但是用心良苦,还是为她好。

蔡永丽问圣慧:"我为什么不能像你一样聪明,各科成绩都不错呢?"

此时,圣慧陪着愁容满面的蔡永丽坐在院子里的台阶上,忽然一阵悠扬的钢琴声缓缓地飘入耳中,两人默默地倾听着、欣赏着。这是谁家的琴声？

圣慧心想，优美的琴声果然很吸引人，甚至让人陶醉。难怪阿丽对音乐那么入迷，自己虽然对艺术不太精通，但也喜欢欣赏。

起初，因为一窍不通，圣慧想象弹琴的这个人可能是初生牛犊、新兵蛋子，有个艺术梦想并在为之奋斗。

听着听着，她又自作多情地替弹琴人想象他要像阿丽一样，经历种种障碍和坎坷，可能离梦想还有十万八千里。

可是她越听越觉得琴声给人带来行云流水、轻松愉快的感觉。也不知道此人弹的是贝多芬的、莫扎特的还是舒伯特的，但感觉他可能是一名音乐老师。

听到最后时，她觉得随着这琴声感觉自己置身于生机勃勃、鸟语花香的地方。真是奇妙，虽然不懂这位弹琴人弹的是交响曲、圆舞曲还是小夜曲，可已能感觉此人一定是一位成功的钢琴大师。因为这琴声竟然将她这个榆木脑袋的音乐盲也带入这如梦似幻的美妙境界中去。

圣慧感悟到，一开始听得磕磕绊绊，那是由于自己对音乐一无所知；逐渐听得懵懵懂懂，那是被美妙的音乐吸引产生的猜想；最后明明朗朗，那是听出如泉水叮咚的乐感，清澈爽朗，就如书读百遍其义自见。可想而知，一切成绩都来自不懈的坚持。

于是她对还沉浸在琴声中的蔡永丽说："本来我觉得这个钢琴声和我不相干，可是听着听着感觉疲惫感已被愉悦感取代，这琴声难道真的与我不相干吗？就算不懂音乐，也能从中悟出一些道理来。比如这位弹琴的人，也许当初他文化课很好，不想弹琴。但是他的家人想让他多才多艺，就逼着他学习弹琴。于是他从无可奈何地练习，到逐渐弹得流畅起来，也喜欢上了弹琴，最后如痴如醉、废寝忘食地弹出这美妙的琴声。这个过程就是从青涩到成熟，从泥泞到平坦，从坎坷到顺利，从讨厌到喜爱。因此，这钢琴声不仅仅传递优美的旋律，同时也传递奋发的精神。经过了这些苦楚，甜美才会出现。"

"慧慧，我懂你的意思了。其实我刚才也悟出了一些道理，知道这优美的琴声一定来自很多艰辛的汗水和泪水。我多花时间努力学习文化课，对艺术的提高也会有帮助啊！慧慧，请你帮我制订一个新的学习计划，每天晚上我要增加一小时学习文化课的时间，和你一起学习！"

"这就对了嘛！一定要你自己悟出道理来才行。只有你自己愿意大步前进才会有进步。靠别人推着，是走不远的。"

"你说话真像个哲学家。以后，也要靠你多督促我哦！"

就这样她们形影不离常常在一起。圣慧的母亲见她们在一起学习，并不反对。可是圣慧的父亲不喜欢她们在一起，觉得蔡永丽学习不好，生怕她带坏了女儿，每次都没有好脸色给她们。因此只要圣慧的父亲在家，她俩就躲在房间里看书，门都不出。

李涛开始出现在圣慧的放学路上，和她一起走。但只要在路上遇见李涛,圣慧就会不知所措,好像犯了大错。圣慧觉得自己毕竟还是个学生,不应该和男生走得太近。

可她又对李涛的印象很好,愿意和他一路回家。

不上课的日子,李涛经常在傍晚带着几个小哥们儿在离圣慧家不远的环城马路上吹口哨。听到他的口哨声,圣慧魂不守舍,但她不愿意出去见李涛,装作没听见。要是让她父亲知道了,可了不得。

后来圣慧上高中了,李涛也工作了。

有一次,圣慧学校举行文艺会演,她表演独唱《毛主席的话儿记心上》:"太阳出来照四方,毛主席的思想闪金光,太阳照得人身暖哎,毛主席思想的光辉照得咱心里亮,照得咱心里亮。主席的思想传四方,革命的人民有了主张,男女老少齐参战哎,人民战争就是那无敌的力量,是无敌的力量。主席的话儿记心上,哪怕敌人逞凶狂,咱们摆下了天罗地网哎,要把那些强盗豺狼全都埋葬……"

圣慧刚唱完,就听见台下掌声雷动,口哨声、喝彩声此起彼伏。她下意识地寻声望去,果然是李涛带着几个小哥们儿在向她招手。她顿时心慌意乱,急忙转身走下舞台。正在这时,她看到了自己的同桌,急中生智说:"周娟,你不是要到我家去吗?中午和我一起好吗?"

"好啊!反正我家那么远,中午也回不去,正好想看看你家住在哪里。"

有了同学的陪伴,圣慧的心情才有所平静。在放学的路上,经过环城马路时,圣慧果然见李涛在那里等她。他一个人站在那儿,给了圣慧两张电影票就走了。两人没有说话,可是心里感觉很默契。

周娟好奇地问道:"他好帅啊!他是不是在追你?真让人羡慕。"

听了周娟的话,圣慧笑着说:"我们只是普通朋友,再说你有什么可羡慕的?你成绩那么好,将来还不是研究生、博士生追你啊?"

"那也是!"周娟自信地答道。

圣慧高兴地拉着她的手,将她请进了自家的大院。

"哇,你家住在乡政府大院,原来你是干部子弟啊!我们家可是世世代代的农民。"

"农民有什么不好?我爷爷奶奶也都是农民啊!'务农重本,国之大纲。'发展农业,以农为本,是治国的总纲领。农民对国家发展是很重要的。"圣慧解释道。

"哇,没想到你对农业有这么深刻的理解,怪不得你从来没有看不起我们农村来的同学。"

"我凭什么看不起农村的同学?只有农民起早贪黑在风吹日晒中辛勤劳作,才会有丰收的粮食让人们吃喝无忧。要是没有农村人种地,城里人还不都得饿死?"

"圣慧,你以后要能当上干部就好了,因为你对农村人好,心地善良！"

"什么人都要心地善良，这是做人的原则。我妈妈经常这样对我说。"圣慧认真地对周娟说。

圣慧的母亲看到女儿带了同学回来，热情地招呼着，从此周娟便是圣慧家的常客了。

周末的晚上，婉转悠扬的口哨声又在环城马路上空响起。这次圣慧的父亲出差去了，她似长着翅膀的小鸟，轻松愉快地"飞"到了那里。一见面，李涛就递给她一个纸卷，说："给你，回家再看。"

她回家来打开一看，竟是十元钱！十元钱可是当时市面上最大面值的钞票，李涛的学员工资一个月也只有十几元钱。圣慧想着一定要还给他。

第二天傍晚下班时间，圣慧来到了李涛家附近等候。不一会儿，只见李涛迈着轻快矫健的步伐朝这边走来。圣慧高兴地向他招手，李涛先是一愣，他没有想到圣慧会来找他，接着便兴奋地大步迎着圣慧走来。

"稀客！稀客！这位小妹妹找谁啊？"

"你说找谁呢？有时间送我回家吗？"

"当然啦，荣幸之至啊！"

圣慧家虽在乡政府大院，却坐落在市中心一环以内，与李涛家住的市政府大院在一条马路上，只有两站路距离。这条路车水马龙比较嘈杂，平常人们都喜欢从月牙形的环城马路绕行。

环城马路的两旁树木茂盛、环境优美,走在这里就有诗情画意、神清气爽的感觉。

圣慧和李涛已经走到了环城马路上。她将十元钱拿出来还给李涛:"这个,我不能收。"

李涛也执着不肯收回:"等你工作了再给我也不迟啊!"

"我工作还早着呢!我还要上大学,说不定还要上研究生呢!"

"那好啊!等你毕业了正好教我,就算我提前交学费了,到那时你也不好意思不理我这个初中生了吧?"

"哈哈,看不出来你还有如此长远的考虑啊!"

"当然啦,看我和什么人在一起嘛!"

"既然你能从长计议,现在就别把时间和资源都浪费了,你可以边工作边学习来提高自己的文化水平,这样对你将来一定有很大的帮助。对了,有个学校对外补课在招生,你可以报名周末去上。"

"那好啊!要有你的监督,我才有干劲。"两人边走边聊,已到了傍晚时分,天空也渐渐地昏暗下来。就在这时,突然有几个大男孩跑过来向他们扔小石子。李涛急忙挡住圣慧,一个石子砸到了李涛的额头上,顿时鼓起个大包。圣慧立即气愤地去追赶这帮人,可是他们又嬉笑着逃走了。

李涛一个人闷闷不乐地走在回家的路上,突然听到有人喊他,他一抬头看到了他表哥的同学"老大",后面还跟随着好几个人,都是一副不可一世的样子。看到老大对李涛那么热情,这些小跟班又立马给李涛一个笑脸。老大长得高大魁梧,喜欢打抱不平,又练得一身好武艺,是体校出来的。李涛表哥以前也在体校,后来当兵去了。由于老大比较仗义,敢说敢作敢当,平时那些有点脸面的人遇到一些窝囊事都来找他。

老大看到李涛气呼呼的样子,又看到了李涛额头上鼓出的青包,就问:"谁欺负你了?"李涛本不想说,无奈被问急了,只好跟老大说了。得知情况后,老大非要拉着李涛去教训人家。李涛忙说算了,没有伤到哪里。可老大说:"一定要杀杀这些'蟑螂'的威风,不然他们下次还会来欺负你的。再说以后若被你表哥知道了这事,会说我这个老同学不够意思,看到他表弟被人欺负都熟视无睹。"

就这样,老大带着一帮人,在李涛刚才出事的地方守候。黑压压的一片人,大约惊动了每天在此出没的"游击队"。几个大一点的男孩急忙来到了圣慧家,见到圣慧的母亲就耷拉个脑袋,胆怯地说:"曹阿姨,对不起!我们不知道她是您的女儿,不小心砸伤了他们。求求您去说说情,他们带了好多人来打我们!"

"这帮坏蛋,反自己上门来了!"圣慧在心里骂着他们。

圣慧的母亲急忙带着圣慧和她姐姐出来了,圣慧老远就看到了高个子的李涛,急忙跑过去:"李涛,快带他们撤,我家人来了!"就这样,一场"战争"平息了。

回来后,圣慧的母亲非常生气,但没有打骂她,只是晓之以理动之以情地对她说:"你这么文静,怎么会约这么多人来打架呢? 很快就要高考了,你从什么时候开始和这些人来往的? 再这样下去,我和你舅舅联系,让你到北京去上学!"

"妈妈,我真的不知道打架的事,不是我约来的!"

"不是你约来的,怎么你一去,他们就走了?"

圣慧无话可说。况且打架的事真把她吓得不轻,假如这帮人打起来,后果不堪设想。

李涛自从上次遇见了表哥的同学老大,就经常被老大手下的这帮人约出去帮人家打抱不平。由于这帮人帮过他,他又不好回绝。有一天中午,李涛突然急急忙忙地跑来找圣慧,说是因为打架他父亲要找他算账,他要到外地亲戚家躲几天,想约圣慧和他一起去。

"没有成熟的果子能采摘吗? 我相信你看到正在成长的树苗也一定会保护它们的!"李涛被圣慧的话给说蒙了。

"我马上就要高考了,家人管得很严。另外,请你以后不要再打架了,谁打伤了都不好!"

"好吧……我明天早晨六点的火车,你能来送我吗?"

"我一定去!"圣慧答应去送李涛,一是怕李涛太失望;二是想再次开导他不要太讲哥们儿义气了,毕竟打架是触犯法律的。可是有些话圣慧不好意思当面说,于是她给李涛写了一封信:

李涛：

　　你好！我知道你人品好，而且是个很有思想的人。你为人大方、彬彬有礼、内敛稳重，这些都让我敬佩。可是现在有些人打架成风，那些人还没有意识到这样做对自己、对社会都有很大的危害，后果也很严重。希望你能清醒，做到遇事波澜不惊、沉着冷静，不要参与并且尽量劝说别人也不要打架斗殴，这些都是触犯法律的！

　　宋代诗人苏轼说过："能有所忍也，然后可以就大事。"还有英国作家莎士比亚也这样说："报复不是勇敢，忍受才是勇敢。"这些哲人的警句，无不告诉我们要不计小怨，要宽宏大量。希望你尽快回来向你父亲认错，努力把工作做好，争做一名优秀的工作者。相信你一定可以做到！

圣慧

　　圣慧觉得说服力还不够，于是放学又急忙来到了姐姐家。姐夫在派出所工作，她想找点有关治安的法律条文带给李涛看。姐姐家就住在办公区域，办公室的大门和她姐姐家的厨房门斜对着。那天抓来一个小偷，长得年轻又帅气却不走正道，偷了半书包名贵手表。小偷被手铐铐着，派出所人员紧缺，总共就三个人，晚上只有一个人值班。这时值班的姐夫去上厕所了，圣慧站在厨房门口，无意中看到小偷用一种不怀好意的眼神紧盯着她看，她本能地缩回到了厨房里。可圣慧又突然想到，小偷的这种眼神是不是在故意逼她回避？她急忙出来看个究竟。只见小偷飞快地用头把书包带挎在脖子上,并用书包挡住了手铐,然后向大门外快速奔跑。圣慧急忙大喊姐夫,可当他们追出来时小偷已经跑得不见踪影了。姐夫发动了群众,大家一直追了大约两站路,还是没有发现小偷。后来还是当警察的姐夫有洞察力,他想,小偷戴着手铐,不敢坐汽车和火车,一定跑不远。于是他又回过头来顺着路边堆放的涵管一个一个查找,果然在一个涵管里将小偷逮个正着。圣慧看着满身汗水的姐夫抓着"战利品"归来,真是佩服人民警察能为民除害。

"好险啊!"姐夫说,"如果不是圣慧及时发现,后果不堪设想。假如让小偷跑了,他还会在社会上偷盗国家和个人财产,甚至做出更恶劣的事情。"

就在大家认为小偷已经逮到,大功告成时,这个小偷突然倒地昏迷不醒。这下可急坏了圣慧的姐夫李警官。他急忙来到厨房拿来温茶水往小偷嘴里灌,给小偷打开了手铐,同时给120急救中心打电话,又打电话向上级汇报。这时,刚才帮忙寻找小偷还没有离去的部分群众和圣慧及她姐姐拿水、递毛巾、找人丹,都帮着李警官围着小偷忙得团团转。大姐怕小偷着凉,又急忙从家里拿来床垫,并请大家将小偷抬起来,在他的身下铺好床垫。过了五六分钟,120急救车赶到,三位医护人员来到了小偷边上,给他翻眼、听胸、按人中。其中一位中年男医生疑惑地看着周围的人,问道:"他是你们谁家的人?"

"请问他怎么了,医生?"李警官急忙问道。

"他没有病啊,好好的,可能遇到什么事情了,不想醒来。"

听医生这么一说,"病人"立马起身说要上厕所。果然是装出来的!可恶的小偷!不仅让大家追得气喘吁吁,还让李警官和大家焦急万分。就在众目睽睽之下,大胆的小偷还在耍花招,又想夺路而逃,被李警官一个箭步绊倒在地,又给戴上了手铐。这时,上级派来的两个警察也赶到了现场。几个医生看得目瞪口呆,那个中年男医生说好像是在影院里看一场惊心动魄的影片一样,又感叹地说道:"原来他是罪犯啊。你们警察还真不错,还给他叫救护车,一样珍视他的生命。"

真是"善恶到头终有报,高飞远走也难逃"!要知道"种其因者,须食其果",只要是危害社会、侵害财产、违法乱纪的行为,必然会得到应有的制裁。三位警察连夜审查记笔录,又连夜将小偷送进了看守所,接受司法的审判!

圣慧终于从派出所拿到了《社会治安管理条例》。李涛临走时,圣慧将《社会治安管理条例》和写好的信一起放在信封里递给了他,同时也收到了李涛给她的一封信。晚上圣慧偷偷地将信打开:

我对你有非常好的印象。我喜欢你的纯真、秀美,也非常欣赏你的才华!希望我们能永远在一起。

李涛

看着看着,圣慧感到脸红心跳,既感动又忧虑。感动的是他纯洁的情意,忧虑的是自己还是个学生,谈感情为时过早。

信仰是真实的觉悟,也是生命力之泉源。

——陶行知《我们的信条》

第五章　默契路　增进情愫

圣慧家要随着乡政府搬家了,邻居们都在为搬家的事而操心。圣慧听到父母在商量准备搬家的事,父亲说最近要出差,可能要分两次搬完。圣慧听了之后心中暗喜:这正好是让李涛将功补过的好时机。于是她告诉了李涛搬家的事,让他到时候来帮忙,并对母亲说她找人来,一次搬走!

周末这天阳光明媚,李涛和王强开着大卡车,带着双卡录音机和鞭炮,又带上了七八个穿着喇叭裤、花衬衫的小伙子浩浩荡荡地将车开到了圣慧家的大门口。小伙子们个个"勇猛善战",他们伴着音乐,吹着口哨,动作麻利地搬上搬下。圣慧的母亲和姐姐及蔡永丽她们想帮忙都插不上手呢。临走时,鞭炮声和音响声响彻整个乡政府大院的上空。

此时,圣慧思绪万千,一幕幕景象在她的脑海里闪过。要知道,乡政府所在的杏花酒楼可是当地著名的建筑之一,这座木质八角红楼,外形设计独特。虽然只有两层,但是内部高大宽敞、结构新颖、别具一格,大小办公室、会议室、接待室、多功能厅,一应俱全。二楼外围有一圈宽宽的木质走廊。平时没有会议的日子或者下班后,周边的这帮小孩都在上面玩耍,夏天就铺个凉席在走廊上睡觉。因为木质地板冬暖夏凉,舒服极了!楼前的石子路是通向市区的必经之路。每天人来人往,热闹非凡。这里留下了圣慧童年很多美好的记忆。有母亲在主席台上作报告时美丽的身影,有父亲母亲走过的无数脚印,有同学们上学放学时追逐打闹快乐的笑声,有两个姐夫来求婚"巴结"父母献殷勤时帅气的背影,有父亲教训孩子们时震耳欲聋的吼声——为此她还对父亲耿耿于怀。她依依不舍地在脑海里回味着这些精彩的画面——再见了,童年成长的地方。

临近春节的一个傍晚,李涛约圣慧到他单位附近等他,说开完会就出来,有重要的事情告诉圣慧。她如约而至,站在白雪皑皑的大地上,观赏着道路两旁的雪景。因前两天下的鹅毛大雪,地面积了大约有一尺深的雪。此时大地一片银装素裹,衬托着星星点点的万家灯火,夜景格外地娇美华丽,让人仿佛置身于童话的世界。圣慧看着这美丽的雪景,感觉大地上像是铺了一床洁白的大大的棉花被,脚踩在雪地上面发出扑哧扑哧的响声,像西方踢踏舞的声音,又像是炎热的夏天咬吃冰棍的声音,爽得别有一番滋味。

圣慧等了一会儿,见李涛的单位仍亮着灯,一定还在开会。

于是圣慧就走到了对面的一个小公园,这里闪着一盏很亮的大路灯,地面上的白雪反射着灯光,照耀得四周如同白昼。李涛要是散会出来也一眼就能看到这个地方。公园里有一座宽宽长长的小木桥,几个孩子在大人的带领下兴高采烈地在这里滑雪。他们有的还带来了脸盆,孩子们就坐在盆里从木桥高处顺着斜坡往下滑,有的孩子嫌滑得不够快,就叫家长在他们的背后推着往下冲,速度快了就会连人带盆翻倒,引来笑声一片。

一位六七岁的小姑娘和她的父亲用自带的小铲子在木桥旁不亦乐乎地堆着小雪人,不一会儿,一个栩栩如生的小雪人就做成功了。小姑娘还用两颗小黑豆点缀雪人的眼睛,她爸爸则用一个小红辣椒给小雪人做了嘴巴,使这个小雪人变得生动活泼,可爱至极。

圣慧在一旁看着他们,心里却在思考着在这天寒地冻的冰天雪地里,为什么大人和孩子们都不畏寒冷,还对雪地如此兴趣盎然,如此开心地在此玩耍?一定是因为雪是洁白的,又如此一尘不染,象征着纯洁、美好、干净,就像一张白纸能任意勾画出美丽的蓝图。而干净不仅感观上养眼,还代表着卫生和健康,因此能让人接受、让人喜爱。哪怕冰天雪地,人们也乐意去接近如此美好的事物。雪想必知道人们喜爱它,便找机会悄无声息地飘落下来,想给人们一个惊喜。这是对人间的大爱!人,更应该有雪的智慧,默不作声地改变,让纯洁、干净、健康常伴左右。

圣慧正沉浸在对雪的遐想中,忽然听到有人的叫喊声。她急忙回头向李涛单位那儿走去,却发现不是李涛在喊她。

想到回家晚了父母会不高兴,她就慢悠悠地往回走。虽然没有见到李涛,但圣慧并不感到失望。回家的路程有六七站路,她选了一条能抄近道的小路缓步走着。这条路上很少有行人,偶尔有一两辆自行车在雪地里缓慢地爬行。地上厚厚的积雪洁白明亮,所以她不害怕,还边走边欣赏着雪景,不知不觉,已在这雪路上走了半个小时。

就在这时,她听到了扑哧扑哧的跑步声由远而近,声音越来越清晰。她下意识地回头望去,只见一个朦胧的、高大的身影朝这边跑来。一定是他,不会错!她心中一喜。

果然不出所料,李涛已气喘吁吁地跑到了圣慧的跟前。她惊喜地看着他,带着甜美的微笑:"你怎么知道我是从这条路走的?"

"心有灵犀!心灵感应!"他带着调皮的笑。

"这个,送给你的。"李涛将一个卷在手里的东西递给圣慧。

她打开一看:"奖状!先进工作者!"圣慧顿时兴奋地用赞赏的眼光看着李涛,然后一字一句认真地念了起来,"李涛同志,你在一九八三年至一九八四年度,被评选为本单位先进工作者,特发此状,以资鼓励。哇!李涛,你真是好样的!"

"这是我按照你信里所说的,好好工作,争做一名优秀的工作者!"

"真好!希望你每年都能得到先进工作者的称号。不要小看一个奖状,它是积极向上、不断进步的象征,是对你业绩的认可和鼓励。这个奖状你一定要带回家,将它贴在墙上,你的父母也会为你骄傲的!"

圣慧正兴奋地说着,李涛忽然弯下腰捧住她的脸:"看,脸都冻红了!"这突如其来的举动使圣慧心慌意乱,脸红得像火烧云,心里像装个小兔子一样七上八下地跳着。

李涛也为自己情不自禁的举动感到羞愧,两人都不好意思地低着头默默地走着。稍过片刻,他打破沉默:

"今晚的大地像披上了一层婚纱,景色真美。"

"你喜欢白色?"圣慧问他。

"是的,白色象征着纯洁、美好,你要是穿上婚纱一定很美!知道吗?我第一次见到你,就觉得我们俩适合适路子。"李涛含情脉脉地说。

"哎呀,别乱说!我们才多大啊!"圣慧又害羞得脸上一阵发烫。

"你十七岁,我已经十八岁了,在过去这个年龄结婚都不足为奇。"李涛说。

"可是现在是新社会,提倡晚婚晚育。我们这个年龄正是为学习和工作打牢基础的时候。我们自己都还是个孩子呢,各方面都不成熟,结婚生子是不负责任的表现。"

"那你要什么年龄才成家啊?看来是要我得到十个奖状,我们才能结婚。"

"对,就是要你得十个奖状,还要举行一个奖状的盛事。那多光荣啊!再过十年,你才二十八岁,噢,还有九年,你已经得了一个奖状了。再得九个奖状,你就成熟啦!我也会努力取得好成绩来向你汇报的!"

"成熟就好比是丰收,是吧?对了,圣慧,我知道你喜欢什么颜色。"

"你知道我喜欢什么颜色?"

"蒲公英开花的颜色——黄色,象征着阳光、丰收的颜色。"

"太对了!你怎么知道我喜欢蒲公英开花的颜色?"

"你猜猜看我是怎么知道的。"

"让我猜一猜……噢,对了!上次我们在大蜀山,我看到有一片蒲公英开花的喜人景象,一激动准备叫阿丽来看,就从山上滑下来了,幸亏你在下面接住我,你的手被划伤了,流了很多血。我看到你手上还有伤疤。"

"没关系,这点小伤怕什么!哎,圣慧,有一次我看到王强在津津有味地看一本书,还神秘兮兮地抄写在笔记本上。我拿来一看,都是关于爱情的格言,他还说是抄下来送给阿丽的。于是我也想记住几句送给你。"

"王强真有意思,对爱情还研究起来了。"

"不是他研究,是这些话很有价值。比如,'爱常常比恨更强有力得多'。还有'爱就是为他人的喜悦而喜悦'。我还记得一句:'爱是真正促使人复苏的动力。'"

"这些话不仅仅是说爱情的,爱是有多种的,比如父母对孩子的爱、老师对学生的爱、朋友之间的互相关爱,等等,这些都是爱。哈哈,你和王强只关心爱情了。"

"你说的这些爱,我们也懂啊。不过,这些话都是外国的作家说的,我们国家的就不讲爱了吗?"

"我们国家也有啊,比如,'爱而不教,犹不爱也;教而不严,犹不教也'。这是宋朝林昉《田间书》里的一段话,意思是疼爱子女却不施教,就和不爱一样;教育却不严格要求,就和不教一样。严教才是真爱。"

"就是我们师傅常说的严师出高徒。原来爱也包括严格要求。"

"当然了,严格要求,是想让你有才能、有本领。这不就是大爱吗?"

"你的意思是有才能、有本领才能有资格浪漫,对吧?"

"你说得对!只要你有才能、有本领,我就来写一部关于浪漫的爱情故事好吗?"

"好啊!那以后的格言词典里就记载了中国作家圣慧的格言'对你严格要求才是真爱',出自《爱与爱情和浪漫》。"

"你可以啊,都已经帮我把题目选好了,看来不写还不行了。"

"对,圣慧,你一定要写!而且要写我和你。"

"噢,对了,圣慧,送给你一件礼物。你看,我朋友在羊毛衫厂,我专门叫他给你定制的羊毛衫,蒲公英开花的颜色。快,现在就穿上。"李涛拿出了一件黄色的三翻领羊毛衫。

"哇,这么漂亮!这很贵的,我要找妈妈拿钱给你。"

"你不要提钱的事好吗?你要给我钱,我就不给你了,我自己穿。"

李涛故意说着就往自己的身上比画起来。

圣慧看着他往身上比画的样子,忍俊不禁道:"你那么高的个子能穿上吗?再说这颜色这么鲜艳,男孩子不适合。"

"就是嘛,所以你现在就穿上。今天约你出来,一是送奖状给你,知道你看了一定会高兴。二是因为受你的教诲,我才能得到荣誉,所以送给你羊毛衫作为感谢。等你工作了再给我买,不就行了?"

"你又是预付学费?"

"圣慧,向你汇报,我已经报名周末去上课了。等你暑假我们一起去上,我要和你是同学,还要是同桌,那才有意义呢!"

"好!你先去上着,等我放假一定和你一起去上!"

"那不是初中生和研究生在一个班了吗?我们创造了一个奇迹?"

"我哪里是研究生啊?大学还不知道可能考上。"

"圣慧,你一定能考上大学,而且也一定能考上研究生!你这样有毅力,你想干的事一定能干成!"

"是吗?你的话也很有力量、很有思想,你将来也肯定很不简单,能成为为国家做出大贡献的大功臣!"

两人慢慢地徘徊在这美丽的雪景中,仿佛走一夜也不觉得累,脸上都洋溢着幸福的笑容。

这张奖状是一份让圣慧感动的礼物,其中不仅包含了李涛的汗水和智慧,更代表着一份浓浓的情意和一颗纯洁的心灵。圣慧暗暗地在心里下决心,将来也要取得更好的成绩来带给李涛。两人在这个冰天雪地的夜晚,依依不舍地道别了。

李涛一进家门就开始忙活着往墙上贴奖状,他想着假如哪一天圣慧来家里看到了,一定很高兴。父亲在背后说:"呵,奖状的盛事,境界很高嘛!不错,不错,留点空隙准备贴上十个奖状,那才盛大啊!这就像我年轻的时候在部队那股干劲了!"

李涛被父亲的这番话说愣住了,这不是他刚才和圣慧的对话吗?父亲是怎么知道的?难道……他恍然大悟,刚才在路上有几辆自行车骑过去,他由于在和圣慧说话,就没有太在意。原来其中就有父亲!

"我可不是故意偷听你们说话,是那个雪铺得太厚了,想骑快也骑不动啊。这个小姑娘叫什么名字?我看不错,很有思想,是个有理想的孩子,你要向她学习!"

"是,部长大人!我正在向她学习!她叫圣慧,家就住在乡政府大院,她很快就要考大学了,成绩也很好!"李涛觉得这是自己第一次和父亲这么愉快地交谈。

"那好,你不能耽误她学习,而且你自己也要抽空学习,不能把文化课丢了,不然你们的差距就会越来越大,到时候你跟不上人家就不好意思追人家咯。还有啊,你们哪来的词?还'适路子'!我看啊,'适路子'这个词很好!不过,不能只用在搞对象谈恋爱上,适路子更应该是找到适合自己的学习专业、工作岗位、生活品位。要在这些方面找到适合自己的路子,并努力为之奋斗,做新时代的有用人才,多为国家做贡献。"

李涛认真地听着父亲的话,想着一定要将父亲的这段话说给圣慧听,她一定会赞美父亲的思路。他发现今天父亲的眼神好温暖,含着满满的爱意,不像平时常常表现出军官的严肃。父亲年轻时就获得了部队一等功的嘉奖,在一次执行任务中,为了保护重要基地,他负了重伤,还留下了后遗症。可他热爱工作,仍然在市委武装部全身心地投入在为国家挑选优质兵力的工作之中。

通过上次搬家,圣慧的母亲对"小痞子"们另眼相看,觉得他们不像想象中那么流里流气,而是一帮讲义气又诚实能干的年轻人。由于母亲对李涛的好感,他偶尔也能来圣慧家找圣慧。可是圣慧的父亲没有看到他们勤劳的一面,而且父亲的思想守旧、古板,是一个一心研究技术、对工作无比严谨的工程师。他看不得年轻人赶时髦穿的那些奇装异服,觉得这些应该是艺术家的专利,其他人照这行头打扮,就是不学无术、不务正业。特别是他的孩子,绝对不能把心思放在打扮上。蔡永丽每次到圣慧家来都不敢穿得花枝招展,而是将时髦衣服藏在书包里,只要一出门她就拉着圣慧迫不及待地直奔公共厕所换衣服。有一次,圣慧的父亲看到李涛穿着花衬衫、喇叭裤来找圣慧,气不打一处来,认为穿这样的衣服就是小痞子,随后将圣慧一顿训斥,晚上又和圣慧的母亲吵了一架。

询言试事,则邪正自别。

——《宋史·张纲传》

第六章　情网路　后患无穷

同李涛住在同一个大院的高挑美女陈雪,对李涛一往情深,暗恋多日,经常制造机会佯装和李涛"不期而遇"。

一次,陈雪正好遇见李涛和圣慧走在一起,她趾高气扬地当着圣慧的面冷嘲热讽:"哟,涛哥,别人说起你的这位朋友,我还以为有多貌美如花呢,没想到还没我长得好看嘛,你真是有眼无珠啊!"

李涛听到此话怒火万丈,但又想,好男不跟女斗,只好忍气吞声,并对圣慧说:"别理她,自以为是的草包!"

圣慧面对陈雪的挑衅不屑一顾,不会和她做无谓之争。因为她了解康格里夫说的话:"沉默是最好的藐视。"李涛心里清清楚楚,他知道虽然圣慧外表不如陈雪出众,但性格张扬的陈雪和清纯雅静且知书达理的圣慧无法相比。

今天,陈雪又"正好"在李涛下班时遇见了他,并笑嘻嘻地迎上去拉着李涛的胳膊:"涛哥,陪我去看电影好吗?"

李涛反感她这虚浮谄媚的行为,皱着眉头说:"没有时间!"

陈雪噘着嘴:"我都邀请你几次了,难道一次都没有时间吗?我知道你是为了那个矮不隆咚和你个子不般配的小女生。我哪点比不上她?"

李涛听到陈雪又说圣慧,气不打一处来,脱口而出:"竹竿倒高,人参倒矮,价值能比吗?"

李涛对陈雪的话嗤之以鼻,他从来没有觉得圣慧个头小有什么不好,倒是觉得圣慧身上有一种不一般的、潜在的强大。

陈雪和李涛不欢而散。受到了回绝和训斥的陈雪,委屈又愤怒地注视着李涛冷若冰霜的背影,咬牙切齿地说:"哼!等着瞧,我会让你后悔的!"

没几天,李涛下班走在回家的路上,哼着小曲:"你到我身边,带着微笑,带来了我的烦恼,我的心中,早已有个她,哦,她比你先到。"正唱着,忽然又遇见了陈雪。陈雪找来了一个平时非常巴结她的、长得五大三粗的男同学,他又带来两个小混混同学。陈雪看到李涛出现了,就对这几个人使了个眼色并小声说:"记住,对他说几句重话就行了,最多推搡一下,不能打架!"然后她又故意走到李涛身边,"涛哥,对不起,上次是我说得不对,你不要见怪啊。"

这时,三个男同学走过来围住了李涛,其中一个上来就给了李涛一拳,嘴里还骂骂咧咧:"你臭小子还敢动我们班的班花?

真是有眼不识泰山,叫你尝尝我的厉害!"陈雪急忙阻止说:"不许打他!别打人啊!别打了!"这几个正值冲动年龄又没有头脑的家伙,特别是想在陈雪面前表现的那个四肢发达、头脑简单的同学,早已忘记了陈雪的嘱咐,他们群起而上,肆无忌惮地对李涛拳打脚踢,将他打得鼻青脸肿、嘴角流血,在陈雪的极力阻止下才扬长而去。

李涛莫名其妙被打了一顿,还被侮辱调戏女同学!陈雪愧疚地想来搀扶李涛,被李涛一声怒吼吓跑了:"滚!别让我再看到你!"

他正气愤不已,又遇见了表哥的同学老大带着一帮小弟经过。老大看到他这副样子,问明了经过,怒气冲天地说:"真是他妈的吃了豹子胆了!你认识这人吗?走,找他算账去!"

"我就想去问问他,我什么时候调戏女同学了?"

"好,我们现在就去找他!"

李涛和老大等几个人说着就往学校的那条街走去。李涛隔老远就看到了那一伙人在街边嘻嘻哈哈地边笑边吃着东西。李涛回过头来告诉老大就是前面的那几个人,并一再交代老大要和他保持距离,不要打起来。他只想问清楚他们为什么要打他。老大点头答应,远远地观望。

李涛快步走到那个五大三粗的男生面前拉住了他,问道:"我们无冤无仇,你为什么要打我?"

"你还真是贱!还没打好你是吧?又找上门来了,我叫你尝尝我的厉害!"男生说着就是一拳,又一脚将李涛踹倒在地下,然后就和那几个人转头走了,他们还笑个不停。愤怒的李涛正好看到旁边有一块砖头,他拿起砖头爬起来就从后面向这个男生的后脑勺砸去,顿时这个男生的头部鲜血直流,倒在地上。这时老大他们几个人发现了事态不好才回过神来,大家七手八脚找来毛巾将男生头部的血捂住,又急忙将他送往医院急救。

由于一时之气失了手,李涛将人打成了重伤。

深夜十二点,李涛回到家刚躺到床上就听到一阵敲门声。他的父亲母亲被惊醒,猛地爬起来。当李涛把门打开时,立刻冲进来五六个全副武装的公安干警,他们迅速地给李涛戴上了手铐。李涛的父母被这一状况吓呆了,母亲哭着上前拉着李涛问这是怎么了。父亲见了这群严肃的公安干警,知道出大事了!看着这帮一脸正义的人民警察押走了自己的独子,这位曾在战场上和敌人厮杀都毫不畏惧的退伍军人,此时却旧病复发,倒了下去。

李涛被逮捕了。这个意外的打击是他家人无法接受的。明明是很好的一个小伙子,怎么就被逮捕了?他父亲经受不住打击,一病不起,李涛的母亲被这突如其来的变故压得透不过气来。她身心疲惫地在医院和家之间来回奔波,照顾着李涛的父亲。想到儿子坐牢,老伴病重,李妈心如刀绞、悲痛欲绝。

陈雪这时才意识到自己的觊觎之心,害得李涛受到牢狱之灾、囹圄之苦。现在这几个人坐牢的坐牢、赔钱的赔钱、看病的看病。虽然警察还没有来找她,可见这些大男孩都够意思还没有供出她,但她还是提心吊胆,惶惶不可终日。陈雪心中更多的是愧疚,因为这些祸事都因她而起。陈雪找她母亲要了几百元钱,想去医院看受伤的同学,好争取谅解。她母亲吃惊地问她要这么多钱干什么,陈雪支支吾吾地说自己在外面闯祸了,需要很多钱。可是钱还没有拿到手,陈雪的哥哥就从房间里冲出来将她一把推倒在地,并准备用脚踹她,她母亲急忙阻止。

她哥哥气愤地说:"妈,您问问这个'四猴子'都在外面干什么了! 还好意思回来要钱! 家里钱给你,我不结婚了? 你还好意思去上学? 自己去打工赚钱赔偿人家吧!"

"你这个'猪耳朵'! 结婚不能自己挣钱啊? 还好意思找妈妈要!"

陈雪在家里排行老四,长得瘦,性格又不安稳,因此哥哥给她起个外号叫"四猴子"。哥哥长得肥头大耳,陈雪就给他起个外号叫"猪耳朵"。

"妈,不许您给四猴子一分钱! 不然,她还要在外面乱来。"哥哥撂下这句话就走了。

陈雪的母亲听了此话非常震惊,这才知道陈雪在外面闯祸了。但她就这么一个宝贝儿子,要准备他的结婚彩礼,自然不会将钱拿出来给陈雪。陈雪父亲几年前就病逝了,上面有一个姐姐下放在农村,还有一个姐姐远嫁他乡了,家里本来就不宽裕。

见母亲不给钱,陈雪求助无门,只好决定退学不上了,自己去找个临时工作来挣钱。虽然她学习成绩还不错,老师也极力挽留,但她别无选择。那几个人因她遭受的灾难,特别是李涛的被捕使她感觉挨了当头一棒。她终于良心发现,再也不能无动于衷、放任自流了。她现在只想赶快想办法来弥补过错。她知道,李涛的被捕使他家受到了巨大的打击。她几次偷偷地到他家的门口往里看了看,都没有看到他家里有人,不知李涛的父母到哪里去了,这更让她心里忐忑不安。

这天晚上,她愁眉苦脸地走在路上,却被一位酒气冲天、打扮得花里胡哨的时髦男人一把拉住:"陈雪,我在到处找你。这么晚了,你一个人在马路上走也不安全啊!我请你到饭店去坐坐。"

"是顺发哥啊,我不去。"陈雪无精打采地回了一句。

这时髦男人叫胡顺发,是陈雪哥哥的一位朋友。此时他拉住陈雪,说:"我听你哥说你不上学了,在找临时工。那正好,我带你到广州去发展啊!那里的钱可好赚啦!你哥哥也同意我带你去,你看怎么样?你这两天准备一下,我来接你。"

陈雪一听说她哥哥同意了,火一下就蹿到头顶:"他同意算个屁!你叫他去好了,我不去!"

"好好好,你别生气。我知道你哥哥打你了。他都跟我说了,你需要钱,我给你,我给你!"

"我怎么能要你的钱呢?谢谢你的好意,我不去!"陈雪看他不怀好意的样子,转身就要走。

可胡顺发一把抱住了陈雪:"陈雪,你跟我走,我会给你很多钱的!我有钱,我会给你买很多漂亮衣服。只要你跟着我,我会让你过上荣华富贵的好日子!我喜欢你!"

他不停地说着,还试图亲吻陈雪的脸,被陈雪猛地一把推开了。她气愤地说:"不可能!请你自重一点,别听我哥哥胡说八道!"

陈雪气呼呼地跑了。

原来胡顺发早就对朋友的漂亮妹妹陈雪垂涎欲滴,现在知道陈雪已辍学在找临时工,想把握机会带她走。可是陈雪"负债累累",哪能一走了之?她一贯反感这样华而不实的人,何况他又是经常欺负她的哥哥的朋友,她压根就对这个无礼的"花疯子"没有任何好感,加上这次他趁着酒劲对她这样放肆无礼,陈雪对他更反感了。

第二天早晨,陈雪的哥哥一反常态,热情地给她端来了一碗热气腾腾的鸡蛋面,满面堆笑地对陈雪说:"小雪,趁热吃了这碗面条,我特地给你打了两个荷包蛋。以前是我做得不好,对不起,请你原谅我。"

"黄鼠狼给鸡拜年——没安好心!"陈雪没好气地嘀咕着,看也没看那碗面条。

她哥哥又嬉皮笑脸地说:"我知道你还在生气,可这回我真是为你好啊!你想想看,你现在这样子,又不上学了,不正好跟着胡顺发去广州发展吗？他又有钱，又是我朋友，不会亏待你的！"

"你拿了人家多少好处，要把你妹妹卖给人家？见死不救的贪财鬼！我是不会跟他去的，你叫他别打我的主意！"

他哥哥一听陈雪说这话，知道没戏了，瞬间变了脸："你这个厚颜无耻的四猴子不也打别人的主意吗？你以为我不知道李涛是怎么被捕的？我叫你敬酒不吃吃罚酒！"说着，她哥哥上来就照着陈雪的脸重重地扇了一巴掌，顿时五个手指印清晰地印在陈雪的脸上。

陈雪立即大哭起来："你这个猪耳朵、猪脑袋、猪八戒也不是什么好东西！妈妈的钱都被你一个人花光了！"说着她就拿起茶杯向他砸去，茶杯正好砸在她哥哥的脑门上，砸了个小口子。他用手一摸，看淌血了，愤怒地抄起小板凳向陈雪砸去。陈雪躲闪及时，小板凳正好砸在了刚进门的胡顺发的腿上。胡顺发哎哟哎哟地弯腰抚摸着自己的腿。

家里鸡飞狗跳，陈雪看着头部还在流血的哥哥和被砸得一瘸一拐的胡顺发，正在发愣时，她母亲回来了。陈雪趁机跑了出来，逃过一劫。

"想不受气，就不要和沟通不了的人多说话！以后一定要躲着这个胡搅蛮缠的哥哥。"陈雪在心里愤愤地想着。

陈雪一口气跑到了李涛家的门口。可是李涛的家里仍然是漆黑一片，没有任何动静。陈雪一屁股坐在李涛家的门槛上，不知如何是好。

　　天慢慢地黑下来,陈雪已坐在门槛上睡着了,一阵雨点打在她的头上,将她惊醒,她打了一个寒战,突然在脑海里决定,去公安局自首!于是她快步地朝家里走去。此时已是深夜,家里人都熟睡了。她轻手轻脚地整理好自己的几件衣服,放到书包里,然后又用手电筒照着写字台,快速地写下了这段文字:

　　　　本人陈雪,是六中的高二(5)班学生。平时自以为是、任性无理,自以为是班花,就应该得到所有男同学的宠爱。可是偏偏我心仪的男孩李涛却对我冷若冰霜、不以为然。因此我起了报复之心,叫几个男同学稍微给他点难看,却不承想他们手脚过重,将他打得鼻青脸肿。虽然只是轻伤,但伤了他的自尊,于是他才反击将我同学打成重伤。这些都是由我引起的,我知道我应该受到法律的惩罚。我本意只是想出一口气,没有想到会对他人造成这么大的伤害。我心里十分后悔,由于自己的无知导致这么严重的后果,应当接受法律的惩罚。

　　　　可是现在李涛的父母一定受到非常大的打击,他家里已经几天没有人了,听说他的父亲生病住院了。因此,我想请求公安机关的谅解,让我先去替李涛照顾他的父母。因为李涛是独生子,家里没有其他人可以去伺候他的父母,这也是当务之急。你们可以随时传唤我,我随时接受审判。

特向公安机关申请,盼望警察同志能酌情处理,给我一次改过的机会。

申请人:陈雪

陈雪将申请写好,工工整整地叠好放到书包里。然后又写下另一张纸条:

妈妈,我对不起您!我要为我自己的错误负责,现在我要出去一段时间。不过,请您放心,我一定会好好反省,重新做人,做一个优秀的女儿。请您原谅我,给我一些时间。

女儿:陈雪

此时她一刻也不想停留。深夜,她迎着淅淅沥沥的小雨,走出家门,向公安局方向走去。她感觉这是她人生中最正确、最成熟也是最无悔的一次选择。

王强像热锅上的蚂蚁,一路猛蹬自行车去找蔡永丽。可是他在蔡永丽家的门口转来转去也没有看到蔡永丽的踪影。就在他万分焦急时,从她家里出来了两个长得一模一样的女孩,他知道这一定是蔡永丽的双胞胎妹妹。王强大步上前:"请问两位妹妹,蔡永丽在家吗?"

"找她干什么?你是什么人?她已经到农村去种田了!老

是盯着我家看,当心我大姐出来打你!"其中一个双胞胎妹妹噘着小嘴气势汹汹地说着。

"你怎么告诉他三姐到农村去了?你也不知道他是什么人。"

"难道他还知道是在哪里的农村?看他仪表堂堂像是搞文艺的。再说你还怕三姐被人家骗了?她不骗人家就算好的了。三姐多厉害啊,除了怕大姐,她就是天下第一。"

王强一听蔡永丽到农村去了,便急忙骑上自行车向岗集方向驶去。他猜想蔡永丽一定到她爷爷奶奶家去了。他去那里挖过藕、捕过鱼,记得路怎么走。

当他远远地看到蔡永丽和她奶奶一起在田里劳作时,看到蔡永丽戴着草帽也透着绰约多姿的文艺范时,他不知是欣喜还是悲伤,将自行车放在一边,一屁股坐在地上放声大哭。王强哭着想,他们能自由自在地干着自己喜欢的事情,而此刻他的好友李涛却已被关在监狱里了。他了解李涛的品行,知道李涛打人一定是事出有因。自己却无能为力去帮朋友,他伤心极了。

"王强,怎么是你?你怎么哭了?出什么大事了?"蔡永丽惊愕地蹲下来拉着王强的胳膊,使劲地摇着。

"这不是你那个同学吗?快到家里喝口水!有什么事情去家里说。"奶奶走过来说。

"奶奶您好,是我们的朋友出事了,我来找丽丽商量一下怎么办。"王强站起身来擦着眼泪对奶奶说。

王强将自己知道的李涛打伤了人被逮捕的事情告诉了蔡永丽。

"他怎么又打架了?圣慧知道了吗?走,我们赶紧去找圣慧问问情况!"蔡永丽说着就急忙告别奶奶和王强一起往回走了。

"发生这事已经有好几天了,我刚刚才知道,立刻就去你家找你了。这几天我到上海去了,我妈说我可能很快就要去上大学,就没有时间了,所以带我到上海小姨家去玩了几天。丽丽,这次圣慧怎么没有和你一起来农村啊?"

"我去找她了,她妈妈说快要拿高考通知书了,叫她在家等着。圣慧跟我说,她这次没有心思和我出来,心里感觉不定,总觉得考得不理想。假如考不上大学,她爸爸那一关难过。她说最近总是心神不宁。我也觉得我可能考不上艺术学院,也是提心吊胆的。要是没有考上,我就完蛋了!你知道我那个大姐,她还不把我吃了?"

"没有那么严重吧?你大姐就这么厉害?她是老虎,还会吃人?你也不要谈虎色变吓自己了。不行,你就搬到我家去住吧!"

"你说什么呀!你要是女孩子还差不多,我是黄花大闺女,怎么能住到你家呢?"蔡永丽害羞地说。

"唉,你要是男的,我现在就让你到我家去住了,省得受你大姐的气!"

"你现在说得好听,可假如我考不上艺术学院,你一定会讨厌我、不理我的,对吧?"

"不要没有信心。你怎么知道就考不上呢?就算今年没有考上,我们明年再考,一定能考上的!"

"看样子,你认定的事,任何人泼冷水也扑灭不了你内心的熊熊烈火!"

"是的,我很坚定,觉得自己一定能考上。哈哈,适当的吹牛,也是成功的助力器。你想啊,自己讲过大话吹过牛,所以要对着目标紧追不舍,自然就会情不自禁地向这个方向努力了。"

"你真让我敬佩!敢大胆地吹牛,说明你有底气、有恒心。我就不敢讲大话,更不敢吹牛,因为我心虚,觉得我不一定能考上。可怎么办呀!"

"我帮你,你一定会考上的!你要有自信。"

"王强,你真好!"

蔡永丽很快又愁眉苦脸起来了:"说真的,王强,李涛的事怎么办啊?想到这个事,我心里就痛。要是圣慧知道了,还不难过死了!他是为什么给关起来的?什么时候能放出来啊?"

"原因我不是太清楚,但我了解他,他一定是被人害的。但是这次事情严重了,对方被打成重伤,李涛要被判重刑,大概要蹲很长时间监狱了。"

"那不是毁了他的前程嘛!李涛是个好人,重情重义,真是太可惜了。那他家人怎么办啊?还不急死了!王强,我想想都想哭。怪不得你哭得那么伤心,李涛也不愧有你这个好朋友。"

"我们都急死了,你想想他的家人。我去他家了,家里没有人。"

"那我们怎么和圣慧说啊?她要知道了,肯定也急死了。怎么办啊?哎呀,真是急死人了!我要知道是谁害了他,一定将他剥皮抽筋、碎尸万段!"

"那你也要和李涛一样进监狱了。你也想把我急死啊?我们遇事要用法律的武器来保护自己。"

"想不到你还懂法,真是个好孩子!"

"是男子汉,不是孩子了。李涛要是孩子就不会被判刑了。"

"李涛多大了?有十八了吗?"

"有,正好十八。和我一样大,是成年人了。"

"十八就是成年人了?"

"对啊,这是法律规定的。"

"那就不能从轻处罚了。"

两人来到圣慧家门口,蔡永丽跳下自行车,急急忙忙地跑去找圣慧。

"什么?圣慧已经去北京了?今天早晨才走的?"蔡永丽受到了圣慧家人的冷脸,垂头丧气地走出来告诉王强,圣慧已经走了,去北京复读了。

"她怎么也不和我说一声呢?"蔡永丽十分沮丧。突然她想到了什么,忙说,"难道高考成绩已经公布了?王强,你快回家看看你可拿到通知书了,我也回家看看!"

厄运往往能使天才奋发。

——［古罗马］奥维德《爱的艺术》

第七章　落榜路　擦泪向前

　　原来圣慧高考落榜了。几天前她就得到了消息，闷闷不乐地把自己关在房间里，愧疚万分。母亲在门外安慰她："慧慧，出来吃饭，别泄气！其实你的基础不差，不要因为一次没考好就妄自菲薄。失败并不可怕，只要不放弃，将失败作为垫脚石，就能多一次经验。'从最坏的事中可以引出最好的结果。'勃朗宁说的这句话，还是你以前读给我听的。所以，复读不是坏事，多学一年，能多受益几十年。我对你的能力深信不疑。只要你再努力一把，明年肯定能考上！"

　　圣慧的父亲一贯做事认真，平时就看不惯圣慧和蔡永丽、李涛他们在一起玩耍，这次自然不高兴，更不会安慰圣慧。他带着责备的语气对她母亲说："早就叫你把她转到北京去上学，她舅舅在那当教师又愿意接收，多好的条件！你还无动于衷，就依着她。这下好了吧，明明是可以考上大学的！现在就买票送她到北京去复读,一天都不要耽搁,迎接明年高考!"

圣慧知道,家里让人窒息的气氛都是因她而起的。听到父亲在责怪母亲,她更加痛心自责。又想到不能和同学一起跨入大学的校门,她更是惭愧不已。她决定不再让父母为自己起争执。毕竟自己已高中毕业,受了十几年的教育,应该懂道理了,要听从父母的话到北京去上学。那里也是母亲心驰神往的地方,因为她心爱的弟弟在那里。母亲最爱说的两句话就是:"我爸爸,慈善家。""我弟弟,爱学习。"她父亲不仅是儒商,还是当地有名的大才子,方圆几十里的人都来找他写信写对联。他不仅不收分文,还经常救济贫穷的人。她弟弟是省状元,考到北京上大学。母亲以这两个文化人为傲,常常亲切地将爸爸和弟弟挂在嘴边,讲他们的事迹。

圣慧想着,舅舅是教师,他那里的学习环境一定很好。就像《荀子·劝学》里所说:"蓬生麻中,不扶而直。"这样也好,她下定了决心,换个环境去北京刻苦学习,务必要心无旁骛地复读,迎接明年高考,一定要考出好成绩!

"现在,我要离开大家一段时间。我需要沉浸下来,要有足够的时间全身心地投入学习中去。时间转瞬即逝,我们要把青春放在求知上。几年后,我们都要带着满满的收获来互相报喜。"圣慧将这段话工工整整地写在笔记本里,又将这页纸撕了下来,然后又抄写了一张,将这两张纸分别叠好揣在两个兜里,准备给李涛和蔡永丽一人一份。

圣慧去找了蔡永丽,可蔡永丽去了乡下她爷爷奶奶家。圣慧本想去乡下找她,可父亲对她看管得严,不允许她出远门。她只好将字条留在了蔡永丽家,请蔡永丽的家人为她带话。

下午,她悄悄地来到了李涛家附近,等待即将下班的李涛和他道别。在李涛下班回家的必经之路上,她来回徘徊着,天渐渐地黑下来,也没有看到李涛的身影,她黯然神伤地往回走。

第二天傍晚下班时间,圣慧又来到此地等候。她望眼欲穿、心神不宁地在此踱来踱去,然而直到夜幕降临,仍然没有看到李涛的身影,她再次默默地失望而去。

第三天的同一时间,她又在此地踯躅、等待、盼望。朦胧中好像看到了李涛向她走来,圣慧激动万分,急忙迎上去向他招手,走到跟前才发现来人不是李涛。此时的圣慧茫然若失,如同黑暗的空中飞行的小鸟,失去了同伴,惆怅的心情难以言表。

圣慧连续三天殷切等待,却一无所获。她只知道李涛家在市政府大院,却不知道他家的具体地址。她满脸愁容,深感失落,长长地叹了一口气,这一别不知要有多长时间才能相逢。回来的路上,往日的一幕幕在圣慧的眼前回放:救治阿丽腿的时候,他毫不犹豫地付医药费;默默地递来的大红色围巾;为了保护她挺身而出将手划得血淋淋的;乖乖地跟着去敬老院;夜晚的口哨声和她演唱时的喝彩声;帮她搬家时的激情和干劲;雪景的夜晚,一张精美的奖状和黄色的羊毛衫……

想着想着,一贯不喜欢流泪的圣慧,此时的眼泪就像雨水一样止不住地往下流。

是被他的无私所感动？是为他的真诚所动心？是被他的英俊所倾倒？是因他的内敛产生共鸣？皆有可能。但更重要的是他们一起经历的平平淡淡和惊心动魄以及心灵的默契。

炎热的七月,注定是坎坷不平的。因为高考,汗水伴随着泪水,几家欢喜几家愁。

没能和李涛、蔡永丽他们告别,圣慧带着深深的遗憾,坐上了去北京的火车。在车上,她默默地拿起笔写了这样一篇小文:

等我

你可能在等待中着急,可我已在风雨中前行。也许路上摔了一跤,或是路上风景很美。

也许等我的岁月太过于寂寞,但你必须等我！等花开的时候我就会来寻你。我知道等待的滋味是煎熬的,人生从来就不平淡,等待就是一种考验。

你要等我,我需要你的陪同,你的呵护。我的前行不是离开,我要做一个有理想、有底蕴的女孩。我要站在青春的枝头上,为你唱一首最动听的歌。

你要等我,也许路上遇到一位难得一见的老友不能不叙,或是遇到一位危难中的人,需要路人合力的援助。总之,我一定会向你走来,因为你就是光明的化身,积极向上,努力攀登。

请原谅我走得缓慢了一些,因为路边的鲜花开得太美,又因路边逆流而上的小鱼,太让人惊喜。我会念你一路,亦会梦你一路,你亦伤了我一路。但我不会放弃,只为见你时,我会是你梦中的女孩。

我走得很慢,因为路上下雪了,雪路虽然难走,可雪景很有诱惑。不用担心,春天很快又到了!播种的体验虽比较苦,可那希望的种子,经过不断的施肥维护,丰收的景象才不会错过!

等我会让你憔悴,念你也会让我落泪。不经历风雨,哪有经验的积累?因此,必须前行!我们已置身于时代的大潮,你不努力,大浪就会将你淹没。况且,你还是想帮助众多人的那个英雄。当我们到达目的地时,会有一路的风景和收获,带给彼此硕果累累。

王强考上了艺校,可是蔡永丽落榜了。当王强兴致勃勃地拿着通知书来告诉她时,一贯无忧无虑、歌不离口的蔡永丽,此时满脸泪水,对王强说:"你以后不要来找我了!我的歌也不能在舞台上唱了,我的舞蹈也没有地方施展了,我自编自演的创作之路也给毁了,一切都没有希望了!"她第一次哭得这么难过。

王强看着以往性格开朗、说说笑笑、唱唱跳跳的蔡永丽现在如此伤心,急忙安慰她说:"你的艺术天赋足以使你成功!'没有天生的顺利的机会,顺利是从困难中开辟出来的。'这是文艺理论家冯雪峰说的。所以你不能放弃。只要你努力将文化课补上,明年就一定能考上。我在艺校等你,你不来,我就不毕业!"

"我觉得我现在已经废了,简直一无是处!"蔡永丽仍然哭诉着。

"哎呀!我认为你是有千方百计的人,现在怎么变成了千难万苦了?你不是死脑筋的人啊,怎么钻牛角尖呢?就算你废了,也可以变废为宝嘛!觉得自己走投无路时,怎么闯都是一条路,但也不能瞎闯,你的目标就是提高文化课成绩。更何况你有非常多的潜力可挖啊!因为你在艺术上有资质、基础好。"

"我有非常多的潜力?在艺术上有资质、基础好?你不是骗我的吧?"

"每个人都有自己想不到的巨大能力,但要逼自己一把,去努力奋斗。其实你自己就是一座金矿,如果你是聪明的人,就会克服困难不断地去挖掘。如果你是笨蛋,就会遇到一点挫折就灰心丧气、停滞不前。你想当笨蛋还是聪明人?"

"你原来这么有说服力啊,难怪相声说得这么好!"

"终于听到你夸奖我了。那你就听我的,按照我说的开始吧!我可是你打着灯笼也找不到的好老师噢!"

王强搜肠刮肚,说尽了好话,终于使蔡永丽破涕为笑。蔡永丽坚定地点点头说:"王强,我不能让你'单飞',一定竭尽全力、努力复习文化课,迎接明年高考!"

王强看到蔡永丽终于又露出了笑容,调侃她说:"我以前说过,你哭鼻子的样子一定很好看,真给我说对了!"

"你居然还在笑话我!我落榜之痛,你榜上题名的人怎么能够感受到?恐怕只会扬扬得意。"

"我没有扬扬得意!我真想陪你痛哭一场,然后你重整旗鼓、继续奋斗,一定会迎来明年喜笑颜开的时候!"

"王强,你说我现在努力,明年真的能考上吗?你真的会等我、会帮我吗?"

"我一定等你!如果你肯拼搏、尽全力,明年说不定比我考得还好!今年你的艺术分就超过我了,只要你文化课努力复习就行了。"

为了鼓励蔡永丽走出落榜的阴影,王强又费尽心思给她写了一首诗:

只要生命还在,我就会为你舞蹈,
让那内心的妩媚,绽放出青春的色彩。
只要生命还在,我就会为你疯狂,
那悠扬的旋律,是我永远的最爱。
只要生命还在,我就会为你吟唱,
那艺术的永恒,是我最终的崇拜。
只要生命还在,就要充满英雄气概,
与你勇往直前,走向美好的新时代。

王强煞费苦心,想激发蔡永丽的斗志,蔡永丽也着实被这首小诗所打动。她的思想快速转变,也积极地行动起来,准备刻苦努力,攻克难关。

高考落榜让圣慧和蔡永丽初尝人生中的打击和痛苦的滋味。其实,这何尝不是她们积累的"第一桶金"?

她们遇到了落榜的挫折,尝到了泪水的苦涩,经过了痛苦的挣扎,更加理解了"锲而舍之,朽木不折;锲而不舍,金石可镂"的道理。她们心怀期望,暗暗地在心里下定决心,决不能将自己的梦想变成"水中月、镜中花",而要通过刻苦的努力,在来年金榜题名。

蔡永丽一开始学习还是很费劲,她把不懂的难题收集起来去问原来毕业班的老师。一开始老师也不太相信这个活泼爱动只喜欢歌舞的女孩能坚持多久,可随着她敲门次数的不断增加,老师才感到她这一回是下定了决心的。老师不但没有嫌烦,还给她复习资料,并教给她学习方法。

一次复习中,由于困倦,她感觉头脑昏昏沉沉的,书已看不下去了,不知怎么她突然想起了门外面的井水,于是立即起身拿起水桶向井边走去。当她双手捧起清凉的井水洗脸时,瞬间感到全身都凉爽起来,头脑也感到特别清醒明朗。这时她想起了孙敬"头悬梁"、苏秦"锥刺股",以此来提高学习质量,而她蔡永丽则用"井水醒脑",哈哈,还真爽啊!她觉得找到了好方法,大喜过望。从此只要复习时一发困,她就用这井水让自己清醒过来。

后来她又报了复读班,每天认真学习文化课,也报了声乐补习班,学习专业的艺术表演。她还经常早晨到环城公园去练歌。她拒绝所有的干扰,专心致志地投入复习之中。

圣慧来到了北京,住在了舅舅家里。她刚来时,舅舅和她谈心,对她说,自己一生最信奉这七句话:

一是"人之不学,犹谷未成粟,米未为饭也",汉朝王充在《论衡·量知》里所说。

二是"黄金未是宝,学问胜珍珠",唐朝王梵志的诗句。

三是"积财千万,无过读书",北齐颜之推在《颜氏家训》中所说。

四是"对自己尽管苛刻,征服自己一切弱点,正是一个人伟大的起始",是沈从文的话。

五是"什么娱乐也抵不上读书的乐趣",英国作家奥斯汀在《傲慢与偏见》里说的。

六是"每个困难的中间都隐含着机会",阿尔伯特·爱因斯坦的至理名言。

七是"逆境是上帝用来打磨珠宝的钻石粉",托马斯·卡莱尔的名言。

圣慧把这七句话工工整整地抄写下来贴在了床头,并按照舅舅给她制订的一套详细的学习计划,很快投入紧张的复读中。她每天脚步匆匆地在家和学校的教室、图书馆间穿梭。不过,周末她也帮助舅舅家打扫卫生,学做简单的饭菜,并且按照舅舅的嘱咐坚持跑步、打球,做一些体育锻炼,增强了体质,身材也逐渐丰盈起来。

这一天,圣慧遇到了一道难题,想来想去还是百思不得其解。于是她来到学校里的一个小公园,走上了池塘上的月牙形的小桥。这是她每次遇到难题时最爱来的地方,因为只要来到这里,她就有一种压力全消的感觉。她看到了清澈的河水碧波荡漾,快乐的鱼儿自由游动,漂亮的野花竞相开放。这时她就会自然而然地对自己说:"不要放弃!不是多大的难事,总有办法解决它!"心里顿时会轻松许多。

站在月牙形的小桥上,她不时地抬头望着蓝色的天空,看着朵朵白云天上飞,小鸟飞机比翼行,不远处一排排白墙红瓦的教学楼错落有致,周围绿荫葱葱、欣欣向荣,一股书香气息弥漫在整个校园中。沉浸在这样的环境中,圣慧感到心头密布的乌云被驱散,感觉康庄大道就在眼前,感到只要能克服困难、努力奋进,定能胜券在握、所向披靡。

圣慧一个人在此徘徊,身边的人、路边的树、树中的鸟、河中的鱼都不会影响她活跃的思维,仿佛身边都是她的熟人、朋友,心情自然也愉快起来。她皱着眉头,冥思苦想着之前遇到的难题,竟豁然开朗,就坐在公园的石凳上掏出纸笔,解起题来。

圣慧有写感想的习惯："一句话,若是用心、用行动说出来、写出来的,分量就会很重。一件事,若是全力以赴做出来的,结果就会比想象的还要好。午间小睡时,梦里也在认真地研究思考书中的每一句话,每个词语、成语及细节的深刻含义,醒来记忆犹新。我想,这样的用心,会给我带来很多益处。或许将来我也能被载入母亲的家史中,成为母亲最爱说的第三句话:'我家的女儿……'"

"胡适先生说'功不唐捐'。他说:'没有一点努力是会白白地丢了的。在我们看不见想不到的时候,在我们看不见想不到的地方,你瞧!你下的种子早已生根发叶开花结果了!'他说得多好!我要遵循着他的话,不懈努力。"

"今天,省下了舅妈给我买衣服的钱,买了九本书,很划算。因为好看的衣服是暂时的,书中的知识是永远的。而且我在书中了解了世界、开阔了眼界、提高了境界。一举多得,何乐而不为呢?"

圣慧少了同伴的陪伴,却常常感觉内心有一股强大的力量,觉得自己的头脑就是司令部,左右手就是她的得力干将,无数的书籍就是她的千军万马!这样的千军万马只有在她孤独时才能拥有。没有在孤独和寂寞中奋发过,就难以成功。

有时候没有人打扰是好事,比如学习时。圣慧的父亲坚持让她换个环境学习是明智之举。

仇无大小,只恐伤心;恩若救急,一芥千金。

——吕坤《续小儿语》

第八章　冲动路　牢狱之痛

李涛因为打伤人,最终被判处了七年有期徒刑,李妈这段时间来回医院,照料丈夫,实在不易。她拖着沉重的脚步,走着走着,就毫无力气地瘫坐在医院大厅的一个角落,抹着眼泪,伤心至极。她怎么也想不到这样的灾难会猝不及防地降临在自己的家中。

"李妈,快起来!坐在地上会着凉的。"陈雪出现在李妈的面前。原来陈雪主动去公安局自首,并写下了申请要求照顾李涛的父母。警察调查了情况,陈雪的同学并没有交代陈雪指使,实际上陈雪也没有叫他们去打架,而只是想在李涛面前炫耀一下她有男生护着。因此,公安机关决定暂时同意陈雪的申请,但要她随时接受审查。

"李妈,您吃饭了吗?"

李妈有气无力地摇了摇头。

"那怎么行呢？我扶您回家,熬点稀饭给您吃,您要把自己身体照顾好,才能照顾李伯伯啊!"

"你看这小子,好好的怎么就被关起来了呢？他爸爸被气成这样。他就是没脑子！哥们儿义气害死人啊!"李妈边说边哭,痛苦万分。

陈雪听了李妈的话,知道她还不了解详情,就不会排斥自己来帮忙照顾,终于松了一口气,决定将功补过,好好照顾李涛的父母。

这时,护士过来说李涛父亲病情恶化,李妈急得六神无主。陈雪扶着跌跌撞撞的李妈向病房赶去,并不停地安慰她:"李妈,不要着急,有医生在,没关系的。"

经过抢救,李涛父亲转危为安,医生说暂时不会有危险。

这时,陈雪对李妈说:"您回去休息吧！我在这里陪夜。"

"那怎么行呢？哪能叫你在这里陪夜？"

"没有关系,我和李涛从小一起长大,和您的孩子不是一样吗？刚才医生也说了现在没事了。您回去休息,明天早晨正好煮稀饭带来。"

陈雪的坚持让李妈感动不已,毕竟这个时候急需人帮忙。就这样陈雪每天晚上都极力劝说李妈回去睡觉,她在医院守护。两人配合默契,精心照料着李涛的父亲。

陈雪看着昏迷中的李涛父亲,不知怎么就像是看着自己的父亲一样,暗暗地下着决心,一定要把他救过来！她尽心尽力地

第八章 冲动路 牢狱之痛 | 095

护理着,可是她从小到大从来没有照顾过病人,哪里见过这场面?由于病人大小便不能自理,经常将身上和床上都弄脏了。于是陈雪对自己说:"这是老天在考验我,考验我的道德品质!"就这样她咬紧牙关,要求自己不怕脏、不怕累。当她心里这样想着时,就真的能克服这些困难了,只要李涛父亲的衣服和床单脏了,她就赶紧给他换洗。

可是,又一个特别大的困难让她心惊胆战。有天晚上,当她在值夜班时,和李涛父亲相连床位的病人突然去世了,将陈雪吓得半死。她急忙握着李涛父亲的手壮胆。到了半夜,看着一病房的人和陪护家属都盖着白色的被子,陈雪更加害怕,只好起来走到门口走廊上看着护士站那里亮着的灯,盼星星盼月亮,盼着天快点亮。

陈雪感觉这样害怕也不是事,于是就开始"招兵买马"。她在脑海里不停地搜索着经常在一起玩的玩伴:玉银、玉琴姐妹俩、大宝、二宝兄弟俩,还有同学小芸、小玲、小虎和小龙。想好了人选,她就去和这几个人联系,请求帮助。让她高兴的是,他们每个人都满口答应来医院帮忙;加上学校正在举行"学习雷锋好榜样"活动,并要求写助人为乐的心得体会,这帮"狐朋狗友"更加热情主动了。因此,陈雪一声召唤,大家都很乐意地加入照顾李涛父亲的行列。

"帮助过你的人就会一直帮你。"陈雪想到了这句哲人的话。这些朋友都曾经或多或少地帮助过自己。在寒冷的冬天里,玉琴来帮着洗过菜;在演出时,小芸把最漂亮的裙子借给自己穿过;母亲叫她去买煤球时,大宝总是帮她推车;等等。陈雪想到这些,决定以后要多多做些助人为乐的事情,绝不再做伤害别人的事了。

果然是人多力量大!陈雪认真地安排了值班表,于是白班、晚班、打水、买饭都不愁没有人手了。大家还决定在值班时每个人都要给李涛的父亲唱一首歌,看看这样能否早日唤醒昏迷中的李伯伯。他们积极热情地出主意、拿方案。玉银首先说,李伯伯这个年龄,一定喜欢经典老歌,如《东方红》《南泥湾》《在那桃花盛开的地方》《红梅赞》《花儿为什么这样红》等;小虎则说李伯伯当过兵,有可能喜欢听《咱当兵的人》《小白杨》《打靶归来》《怀念战友》《说句心里话》《驼铃》《少年壮志不言愁》《闪闪的红星》等。"说不定李伯伯还喜欢流行歌曲呢!比如《上海滩》《霍元甲》《铁血丹心》《敖包相会》《路边的野花不要采》《月亮代表我的心》。"小龙也不甘示弱地接话,说得大家都哈哈大笑起来。于是他们就按照玉银、小虎和小龙提议的歌曲,东一句西一句,五音不全地唱给李伯伯听。

他们白天唱,晚上唱,有时夜里也唱。奇迹就这样发生了,昏迷了一个多月的李涛父亲竟然苏醒了过来。陈雪激动地大喊着医生。同在值班的小芸也不知所措,乱了手脚。李妈看到醒来的老伴时,激动地紧紧地握住他的手:"醒啦,醒啦,你终于醒了!你知道我有多急吗?"她止不住老泪纵横,悲喜交加。

李涛的父亲环顾着周围的人,当他看到陈雪时就将脸背了过去,好像知道什么似的。陈雪做贼心虚,急忙说要去打水,溜了出去。不一会儿,李涛父亲好像突然想起了什么,口齿不清地对老伴说:"你去、去,找找看,看看圣、圣慧可能帮、帮李涛。她会帮、帮李涛的。这个小姑娘很、很不错!"

李妈没有听懂老伴的意思,以为他在为李涛将来找媳妇操心,就安慰老伴说:"你好好养身体,李涛将来会找到好姑娘的。"在李妈心里,陈雪不正是这样的好姑娘吗?

监狱里,陈雪第一次来看李涛。李涛看到了陈雪,愤怒之情油然而生。自己怎么会在监狱里?不都是陈雪惹的祸吗?他正要转身离开,陈雪急忙说:"你不想知道你父母和圣慧的情况吗?"

李涛听到她提到自己的父母及圣慧,立即停住脚步,用冰冷的声音问道:"他们怎么了?"

陈雪沉默着没有回答,李涛回到了座位上。想到了李涛的父亲现在虽然醒过来了,可是由于受到重大刺激造成脑梗死,致使半身瘫痪,陈雪神色凝重地低下头来,不敢和李涛的目光碰撞。她低着头缓慢地说:"你父母都好,你妈妈叫我告诉你,听教官的话,争取早日出来。还有,圣慧没有考上大学,被她家人送到北京去复读了。"

听到陈雪的叙述,李涛感到稍微安心了一点,但又很内疚。

安心的是知道父母还好,就松了一口气。内疚的是圣慧没有考上大学,是他影响了圣慧的学习。

虽然受到了精心的照料,李涛父亲的病情还是又一次恶化了。几个月后,李涛的父亲走了。自从李伯伯去世,陈雪的负罪感更加强烈,她整天恍恍惚惚,提心吊胆地过着日子。她清楚,要是李涛知道他父亲去世了,那可不得了。这些都是因她而起的,而她自己就是间接杀手!她应该去偿还李涛父亲的命,省得活在世上担惊受怕。

陈雪决定将所有的事情都告诉李妈,然后她就随李涛的父亲而去。她想着虽然自己的命不能代替这位德高望重的好干部,可也能体现她的诚意,让她的负罪感消失。她这样没头没脑地想着,也这样无知无畏地做着。当她要和李妈坦白时,又胆怯得如小偷一样。她吞吞吐吐地告诉李妈:"李妈,其实,我犯了大错,是不可原谅的大错,可以说是犯、犯罪。"她慢吞吞地说着,怕李妈不能接受。

"你能犯什么大错?你是一个好姑娘,助人为乐,一心为别人着想,哪有什么错啊!"

"其实、其实你家的这些事故,都是我造成的。李涛也是因为我打架坐牢的,李伯伯也是因为李涛而受打击病逝的。我、我应该偿命的。"陈雪失魂落魄地说完这些话,然后就走了。

李妈愣在那里,像被人当头打了一棍。李涛是因为陈雪打架坐牢的?为什么因为她打架呢?她这么多天无缘无故不离不弃地守着个残疾的病人,李妈一直认为陈雪是因为喜欢李涛才这样做的。如果陈雪这么喜欢李涛,等他出狱了婚事就有着落了,不是两全其美吗?她说要去偿命?不得了!不会出事吧?就算这事因她而起,也不至于要偿命!何况她为这个家付出了这么多!

"我们不能得理不饶人!这孩子今天不对劲,她不会做傻事吧?要是出事就糟了,她还这么年轻!"李妈边自言自语边急急忙忙地朝陈雪家走去。这时天已很晚了,陈雪的母亲已经睡了。李妈急促地敲着门,陈雪的母亲披着外套将门打开。听李妈说明来意后,她俩急忙朝陈雪的房间走去。可是房门打不开,被陈雪从里面锁死了。她俩越想越害怕,急得团团转。幸好这时陈雪的哥哥回来了,他看着两位老人焦急的样子,一脚将门踹开。他一边踹门一边骂着:"你们俩也不要大惊小怪的,这个四猴子真是个害人精,还装死!"然而当进门看到眼前一瓶安眠药的空瓶掉落在地上,陈雪已进入半昏迷状态时,他们都慌了神:陈雪确实自杀了!他们大呼小叫地抬的抬、拽的拽,费了九牛二虎之力才将陈雪运到了医院。

医生及时给陈雪进行灌肠治疗,这才保住了她的性命。幸亏李妈长了个心眼,感觉陈雪不对劲,连晚到她家去看看,不然就出大事了。

陈雪清醒后,一眼就看到了李妈,忙叫李妈赶快回家睡觉,不要影响身体。陈雪的母亲流着眼泪对她说:"你这么做,就不考虑我吗？你还这么年轻，要是走了，妈妈还能活吗？你既然这么不放心李妈，也要负责到底啊！李涛不在家，你要好好陪伴李妈才是。只要李家不嫌弃，我同意你将来嫁给李涛，我们不嫌弃他坐过牢。"

"妈妈，你说的是真的吗？可是，李妈能接受我吗？李涛能接受我吗？他能原谅我吗？"陈雪的眼神在希望和绝望之间徘徊着。她含着乞求的眼神看了一下李妈，又惭愧地闭上了眼睛。

李妈此时毫不犹豫地说："我同意！我同意！我虽然不知道李涛为什么为你打架，可他自己也不会一点责任都没有，最起码他可以不去打架，而是报案，交由警察来处理。这么多天，你对我们家这样尽心尽力，也能抵消你的过错。你还这么年轻，要好好地活着，千万不要再有孬主意，你妈妈刚才也说了，我还要靠你照顾呢。我们俩都好好的，等涛儿回来。你要答应我！"

"可是，李涛能接受我吗？他一定不会原谅我的，他不会接受我的。"陈雪满脸泪痕，又黯然神伤地转过脸去。她躺在病床上伤心地哭着。

"陈雪，我们要慢慢来，我来给李涛做工作。你放心，只要好好地活着，什么希望都有！"李妈安慰着陈雪。

"就是啊，李妈说得多好啊！我这边有你哥哥在身边，不要你操心，你只要把李妈照顾好就行了。功夫不负有心人，只要你真心付出，总有一天会打动李涛的。"陈雪母亲鼓励着女儿。

"谢谢你们。我会好好的，我会照顾好李妈的。"

"你当然要好好照顾李妈,这次要不是李妈,你就没命了!以后李妈就靠你了,你可要负起责任啊!"

"我会对李妈负责任的,妈妈,您放心吧!"陈雪终于被她们从鬼门关拉了回来。

李妈去监狱探视李涛,李涛看到了母亲,顿时泪水盈盈:"妈,您还好吗?对不起!"

李妈也热泪盈眶:"孩子,好好劳动改造,争取早日出来!妈知道你不是不懂事的孩子,以后干什么事都不能冲动啊!还有,这么多天,多亏陈雪了。她对我无微不至地照顾,你以后一定要替我好好感谢她。"

"妈,我爸怎么样,身体还好吧?他一定还在生我的气吧?"李涛着急地问。

李妈一听这话,急忙抹着眼泪遮掩说:"你爸不生你的气了,你爸叫我跟你说,走过去,又是一片天,好好接受教育,好好劳动改造,以后会好起来的。"

"知道了。妈,告诉我爸,我会在这里好好学技术,会派上用场的。"

母子俩不停地流着泪,依依不舍地道别。看着母亲离去的背影,李涛沉浸在深深的自责和痛苦之中。现在自己怎么能在监狱里呢?这让父母亲有多担心和伤心!自己承诺要得到十个优秀工作者奖状给圣慧的,还有九个怎么能得到?他内心焦躁不安,又后悔不已。为何要因一时之气去报复?真是愚蠢至极!此时李涛深深地体会到,不守法,就是把自己的幸福毁于一旦。"冲动是魔鬼"这句话说得太对了,如果可以重来,他是绝对不会冲动的,他会用法律的武器来保护自己,而不是用拳头将自己送入监狱。

他心神恍惚地排在打饭的队伍中。吃饭的时候,他看到一个瘦瘦高高的年轻人在墙角流着泪,走过去问他怎么了,那个人只是呜咽着不说话。这时李涛看见有几个横鼻竖眼的壮汉,野人一样,虎视眈眈地瞅着自己,还听到一个人说:"又来一个欠揍的!"李涛看着他们,心里已知道一定是他们欺负了这位"弱者"。就在这时,那个说话的人已快步走来将李涛的饭碗一脚踢飞,李涛还没反应过来,就被踹了一脚。那人喝道:"还敢瞅老子!"李涛正准备还击,却被旁边的年轻人拉住。年轻人小声说:"算了,你要是还手会招来更狠的打。我们要遵守监狱里的制度,争取早日出去。"

"是啊,我就是因为报复才落到这田地,可有时实在忍不下这口气!"李涛回答。

"我叫夏明,原来在学校是一名语文老师,就是因为看不惯校长那狐假虎威、弄虚作假的样子,那天发生争执,我一不小心用椅子把他砸成了重伤。现在不仅丢了工作还进了牢房,真是命运多舛啊!"

李涛和这位"文化人"从此成为无话不谈的好友。这天又排队打饭,每人发了两个馒头,李涛和夏明刚蹲下准备吃,那几个"野人"就从他们每人碗里分别拿走一个馒头。李涛立即上去一把将夏明的那个馒头夺回来还给了他,并对那"野人"说:"我的这个给你,你别拿他的!"

对方惊诧于李涛的气势:"看你小子还有点良心,讲义气,这次我就不揍你了,不过你以后的饭都要给我们分一半!"

"行!只要你不拿他的。"李涛慷慨地说。

"头,你还听这个臭小子的?再把那个馒头也拿来!"

"就是,就是!"几个小混混故意叫嚷着起哄。

"你们叫什么?贾彪,你又在暗中作怪!你们都给我老实点,不许欺负新来的!"小混混的声音戛然而止。原来是季警官路过此地。

"是!季警官,我没有欺负他们。"原来这个"野人"头目名字叫贾彪。他赶紧在季警官面前故意装作和李涛、夏明他们很友好的样子,又低头哈腰、嬉皮笑脸地和狱警们打着招呼。

"看来你以前也是一个有骨气的人。好样的!我以前就是看不惯这些口蜜腹剑、欺上瞒下、表里不一的人,才动手打出事来了。"夏明对李涛说。

"泥鳅翻不了浪,正直还是行得通的。"李涛回答夏明。

夏明入狱前是老师,有文化,所以经常在狱中写写心得体会,请季警官帮着拿到公安报上发表。李涛在监狱里干机械操作工,他生产的机械零部件基本上没有次品。管教干部对夏明和李涛赞赏有加,常常在大会上表扬他俩。时间一长,几个"野人"也对他俩刮目相看,再也没敢欺负李涛和夏明了。夏明经常提醒李涛要理论结合实践,还叫他家人借来一本机械操作书给李涛:"我看你在机械操作上有潜力,你要多看些这方面的书籍,将来会有发展。"

就这样李涛和夏明互帮互助。夏明有知识,说话也很有道理,李涛比较听他的话。这天早晨,他们在季警官同事的祝福中得知了今天是季警官生日,夏明急忙对李涛说:"季警官这个人确实很好,我们来给他准备个生日礼物!"

"他会收我们的礼吗?"李涛问。

"我们来个精神上的,给他写一首歌谣。"

"我写不好,我没有你文化高。"

"你多少想两句啊!难道你在学校不写作文吗?"

"好,那我就想两句。"李涛答应着。

就这样一首歌颂警官以及警示自己的歌谣写好了。季警官收到这份礼物十分欣慰,后来他在对犯人讲话时说:"古罗马哲学家西塞罗在《论责任》中就曾经指出:'惩罚不是出于动怒,而是出于正义。'法律就是正义!因此,今后你们遇到不合理的事,就要用法律的武器来保护自己,而不是用拳头。拳头不能代表正义,更不能代表法律。下面这首歌谣是夏明和李涛两个人创作的,写得很好,我读给大家听听。"季警官打开信纸念道:

法律知识必记牢,幸福依靠走正道。
遵纪守法是根本,依照宪法为标准。
法律对谁都平等,司法监督有保证。
冲动酿成千古恨,损人害己犯罪行。
无穷悔恨泪洗面,家人牵挂伤透心。
司法管教促重生,严厉惩罚为改正。
醍醐灌顶教官引,茅塞顿开重做人。
不慎违法是灾难,浪子回头金不换。
父母盼我走正道,警官育出人才好。
严明律己榜样做,警察育人皆佩服。
亲身体验盼自由,学法懂法我遵守。
执法守法不含糊,规矩公民幸福多。

奋斗是万物之父。

——陶行知《给肖生的信》

第九章　奋发路　前途无限

"我知道我的内心已经有了一股强大的力量,这力量堪比一颗原子弹的威力,将要爆发。于是,我在寻找一块荒废的大地,将它炸成一座山,孕育出全身宝藏,绿树成荫,硕果累累,并将宝藏彻底地开采出来,发挥出无限的价值,贡献给人类。"这是圣慧给自己写的一段话。

认真刻苦地复读了一年,第二年圣慧考上了一所非常理想的大学——公安人民大学。蔡永丽也通过自己的不懈努力,在同年考上了她心仪已久的艺术学院,和王强并肩"作战"。

那次高考落榜,圣慧临去北京前,父亲就明确规定这几年不许她和旧日朋友来往,以免耽误学习,因此蔡永丽几次上圣慧家要地址都失望而归。首次没能进入大学的校门,圣慧自己也感到意外,因而她下决心排除干扰,全身心地投入学习之中。按照父亲的要求,她寒暑假也没有回来,在北京随着学校多次参加实践和志愿者活动,她还抽空去勤工俭学,在各方面锻炼自己。从去复读到上大学的这几年,圣慧和蔡永丽、李涛及王强他们完全失去了联系。

王强和蔡永丽从李涛口中,得知了打人事件的经过,都十分气恼。有两次他们去监狱看望李涛,正好遇见陈雪。陈雪急忙过来和王强他们打招呼,王强爱理不理地应了一声。蔡永丽看到陈雪却气不打一处来:"哼,卑鄙的东西,还好意思来?王强,别理她!不自量的讨厌鬼,害人的妖怪!"王强悄悄地拉了拉蔡永丽的胳膊,示意她不要说,给陈雪一点面子。可蔡永丽更加来气:"就说!只有她能干出这么龌龊的事,看到她就来气!"

李涛向蔡永丽打听圣慧,得到的答复总是一样的:"我到圣慧家去了,她家人怕我们影响她,使她在北京不能安心学习,于是不告诉我地址。寒暑假她也没有回来。可能是她爸爸不让她回来。"三个人都为联系不上圣慧而感到失望。

四年在警校封闭式的学习和摸爬滚打中,圣慧脱颖而出,无论是射击、散打、擒拿格斗都名列前茅,而且各科成绩也都优秀。这使她有了前所未有的信心和力量。

转眼五年过去了,圣慧已是公安人民大学毕业的一名警官,被分配在家乡省会监狱管理局的少管所工作。

她从北京一回来就风尘仆仆地去找蔡永丽,准备和她一起去找李涛和王强他们。可得知蔡永丽和王强已经去了外地支教。圣慧没有找到蔡永丽和王强,就准备等工作走入正轨后再去找李涛,想给他一个惊喜。

如今从公安大学毕业的圣慧,更是文武双全,举手投足间透着职业的干练,浑身散发着睿智、胆识。

"一个人真正的价值要用其追求的目标来衡量。"圣慧正是这样一心想把工作干得出色。因此她以公正无私的态度做事,让人心服口服。她知道对于法盲的青少年,给他资助不如教他怎样遵纪守法。因为只有不违法,才有前途可言。

在普法教育上,圣慧可谓是行家里手。她精心整理教材,将这些看似枯燥无味的宪法和法律知识编成朗朗上口的歌谣,以此来引起少年犯们的兴趣,使大家能将这些重要的知识牢记在心,从而将这些孩子慢慢引导到正路上来。

这一天,圣慧对少年犯们说:"你们把每个人的生日日期报上来,轮到生日这天,我给你们在食堂开小灶,还有生日礼物。今天是我的生日,我订了一个大蛋糕,等会儿拿来和你们一起分享。

"为什么人们都喜欢过生日呢?其实生日这一天意义很重大:第一,是往年同日的今天,你们的妈妈将你们带到这个世界。你们也许不知道,生孩子也是生死抉择,妈妈在那一刻非常痛苦,要流血流泪才能给你们一个新生命。第二,从那天起,你们的父母就要承担对你们的抚养义务。在你们小的时候还不会吃饭,更不能自理,需要爸爸妈妈用心血来一点一点地浇灌,你们才能长大;等你们上学了,父母要替你们承担所有的费用,哪怕

第九章 奋发路 前途无限

再困难,到处去借钱也要供你们上学,为的是你们能有文化、走正道,成为对国家有用的人才,将来能过上幸福的日子。这些都是父母亲或爷爷奶奶为你们付出的代价,想你们能早日成人有出息。

"生日这天,我们都要许个愿。那我们应该许什么愿呢?一定要许愿我们快快成才来报答他们,对吧?他们天天为我们的吃喝拉撒、教育成才而操心费神,为我们付出无限的心血,我们怎能让他们的心血白流?更不能让他们失望伤心,对吧?"

此刻,圣慧看到了少年犯们都低下了头,有的在流泪。她继续说:"另外,我送给你们每人一本手册,这是我自己编制的歌谣,易学易记,通俗易懂,朗朗上口。你们认真地将这本手册的内容掌握了,就是给我的生日祝福。因为这本手册会教你们怎样避免违法犯罪,怎样学习知识、学习法律,这样才能使自己成为有用人才,以后你们才能有信心、有能力来报答家人、报答社会。将来你们不仅要自己生活幸福,还要有能力去帮助别人,和大家一起分享快乐,好吗?"

"好!谢谢圣警官!"大家带着泪水的响亮回答,是他们发自内心的声音。

圣慧用自己的生日来感化他们,决定往后要给每个少年犯过生日。她不仅从政治上要求少年犯,还在生活上感动这些孩子,经常买来各种书籍及食物和大家一起分享,就像家里人一样关爱他们,使一个个少年犯健康地成长起来。

周末中午,圣慧正在家吃饭时,接到了单位领导的电话,要求圣慧写一篇普法文章,第二天早上就要上交,参加省司法厅普法大赛。放下电话,圣慧立即骑车来到了三孝口新华书店,因为她的宪法书放在单位,且单位离家要比书店远得多。圣慧在书店众多的法律书籍中翻找,最后找到一本新修改的宪法。看来学宪法的人还真不少,书籍都销售一空了。

一下午时间,圣慧把书上的重点记了下来,然后又结合一些实际案例进行分析。不知不觉已到了晚上,书店的灯光比较昏暗。圣慧感觉有点疲惫犯困想睡觉,就立即骑车回到了家里,急忙对母亲说:"妈妈,快给我泡一杯浓茶!"圣慧平时不怎么喝茶叶,此时一杯浓茶灌下去,一下子精神振奋,下笔如有神:

"我们应该学习掌握法律知识,因为懂得遵纪守法,才能保障我们的学习和生活健康稳定地进行和发展下去。提到宪法,有的人可能觉得遥不可及,其实不然,宪法就是我们身边的法、我们生活的法,它使我们每个公民人权得到保障。在法律面前人人平等,每个公民既享受宪法和法律规定的权利,又必须履行宪法和法律规定的义务。

"宪法就像深夜里的明灯,指引着方向,使我们不至于执迷不悟,误入歧途;又像一位诲人不倦的长者,耳提面命,提醒每个人既要保护好自己,又不得侵害他人的生活。只有掌握了这些看似枯燥无味却非常重要的知识,并能熟练运用,明确法律是用来保护自己、保护他人的权益不受侵犯的,成功、幸福才会向你招手,意外的惊喜也会与你不期而遇。

"以下三个实际案例,展现了生活中一不小心触犯法律的情况。假如不引以为戒,将给我们今后的生活带来无限祸患。

"第一个实际案例:有一个刚初中毕业的男孩,父亲是很有才华的工程师。由于这男孩的家里条件优越,被娇生惯养,他又没有防范意识,和一些不懂法的人经常混在一起花天酒地、忘乎所以,在不知不觉中被别人用毒品诱惑上瘾,开始吸毒,最后被关进了戒毒所。他父亲得知此事后一病不起,两年后就去世了,他还关在戒毒所没能见上父亲最后一面。所以,平时一定要小心谨慎,要留意身边的朋友,如有吸毒的倾向,一定要远离这些人,更不能接受他们'好意'的'特制香烟'。因为一旦沾上毒品,就难以摆脱。

"第二个实际案例:有一个十几岁的男孩,从农村跟着哥哥姐姐来到了城市,并且学会了一门手艺,日子过得称心如意。可是有一天他哥哥告诉他一个烦恼的事:有个男人给他嫂子发暧昧的信息。听到这事,这个没有法律意识的男孩头脑糊涂,要帮哥哥出气,约出了发信息的男人。见面后他对这个男人迎面就是一拳,男人摔倒,因后脑勺着地而死亡,酿成了一桩命案。男孩不仅赔得倾家荡产,又要大牢坐穿,甚至可能偿命。他姐姐因受不了打击而一病不起,很快就离开了人世。可见遇事不能冲动,不要依靠暴力解决问题。

"第三个实际案例:有个快要高考的学生,父亲在政法部门工作且每年都得到嘉奖，工作干得一帆风顺，前途无量。可是这位父亲却掉以轻心、麻痹大意，和朋友一起喝酒并酒驾造成严重的交通事故。不仅赔得倾家荡产，还被迫离开了他热爱的工作岗位，给家庭带来了沉重的经济负担和精神打击，也导致这孩子高考失利。这位父亲以为酒驾是小事一桩，没有严于律己，却毁了自己及身边人的幸福。在一帆风顺时麻痹大意，一不小心就会遗憾终生。执法者更要以身作则，遵纪守法。

"我们要从这三个实际案例中得到警示，这些平时看似是小事，都是在不经意间发生的。我们稍有疏忽，就会陷入其中，害人害己。无论谁触犯了法律，给社会带来了危害，都将受到法律的制裁，并且给身边的亲人带来致命的打击。

"所以我们必须要学法、懂法、守法。而且我们也有责任时常提醒自己的家人要遵纪守法。懂法的人尊重法律的章程、维护法律的权威，生活在法律的保护下，才能安稳顺利地前进。

"为了幸福美满的生活，遵纪守法，我们义不容辞！

"下面我将学习宪法和法律知识的警句编制成了一首歌谣：

我做超级宪法迷，法律知识记心里。
宣传宪法不离嘴，光明磊落为社会。
学习宪法最得利，耳濡目染被教诲。
优良品德常识累，为家为国我第一。

宪法知识为公民,遵守宪法民受益。
全家上阵总动员,学习宪法首当先。
拥护法律为自己,弘扬法治好精神。
艰苦奋斗好作风,练就一身好本领。
热爱科学讲真理,社会公德必牢记。
爱祖国,爱人民,民族团结一家亲。
爱绿水,爱青山,保护环境共蓝天。
和谐富强共努力,修正宪法为人民。
条条法规民欣喜,迈进伟大征程里。
紧跟时代新步伐,人们幸福甜如蜜。

"让我们共同学习法律吧!"

经过几个小时的努力,圣慧终于将普法文章写好,第二天交了上去。

圣慧不久就得到了通知,让她参加省司法厅的颁奖大会。圣慧创作的文章获得了省司法厅、省委宣传部、省文明办、省文化厅、省新闻出版广电局联合颁发的三等奖!

脸上挂着满满惬意笑容的圣慧,揣着大红色的证书,兴奋地走在回家的路上。她路过包河公园时,不经意间看到了一朵朵粉嫩的荷花立在荷叶的世界里,亭亭玉立,风姿绰约,就像是刚才捧着大红证书为大家颁奖的迎宾小姐在对她微微点头。她一路欢歌回到了家里,对着开门的母亲说:"妈妈,这是您泡的那一杯浓茶的功劳!"并将荣誉证书递到了母亲的手上。

"快乐是从艰苦中来的。只有经过劳作、奋斗得来的快乐,才是真快乐。"教育家谢觉哉的这段话正中圣慧下怀。

这次紧张的普法比赛,使圣慧心中更添了一份神圣的使命感及坚定的责任担当意识。因为她深深理解宪法和法律是国家和社会的维稳器,是每个公民的保护神,是防止图谋不轨的人破坏社会主义制度的坚强盾牌,是保护经济建设、文化发展和社会进步的稳定基石。

圣慧知道自己作为一名国家政法系统的公职人员,更应该带头学法、守法、普法。这次普法比赛,使圣慧走上了爱法、普法的道路。

她在办公桌的玻璃台板下,郑重地摆放上一段她自己写的标语:

有备无患,为守法保驾护航,使人们安居乐业;
未雨绸缪,为普法尽心竭力,使人们成功发展;
防患未然,为执法夯实基土,使国家国泰民安。

学法、用法、执法和普法,已成为圣慧日常的必修课。她不遗余力地学习着、引导着、传播着,不厌其烦。她觉得自己很充实,也有成就感。

蔡永丽和王强他们艺术学院对偏远山区的一所中学进行帮扶，原则上每个青年教师都要去那里支教锻炼两年，蔡永丽和王强就积极地报名了。

　　山区虽然不如城市的繁华，但山清水秀、空气清新。蔡永丽和王强约定在支教的这两年里，一定要使自己的文艺水平更上一个台阶。她经常在清晨就早早来到学校，像是和周围长满的红色、黄色、蓝色、白色这些五颜六色的小野花约好了似的，尽情地唱歌给它们听。蔡永丽的音乐水平越来越高，她带的学生都很欣赏她的多才多艺，学生们经常跟随她楚楚动人的身影一起将歌声唱响在学校的各个角落，之后更加精神抖擞、热情饱满地投入学习中去。

　　王强虽是城里长大的孩子，可他每年都认真地参加学校的学工、学农、学军活动。一直担任班干部的他，意志坚强，吃苦耐劳。他信心满满地准备在这里大干一场，决定将自己所学的知识毫无保留地传授给大山的孩子们，使他们能增长见识、锻炼能力。王强在这湖光山色中，产生了画画的愿望。他经常在清晨对着一个个顶着露珠、像打着一把透明太阳伞的小野花，饶有兴趣地画着，还真画得像模像样，以至于他的一帮学生周末一早带着画板来到他的身边，也聚精会神地画着这些花草树木，沉醉在大自然的怀抱里，就像这些小野花，尽情地散发着芳香，展现出无限的美。

　　在学校的不远处，有一条幽深的小道，路两旁有一排排整齐的大树,茂密的树叶将小道遮得像个隧道,在骄阳阵阵的夏天路过此地根本不用打伞,蒙蒙细雨时走在小路上也不会淋湿。蔡永丽和王强经常在周末来到这舒适宜人的地方,双双在此漫步,畅谈工作细节、生活方式、未来理想。有时他们会坐在树下,静静地谱曲和画画。

这次也不例外,王强见蔡永丽全神贯注地谱曲的模样真是好看,于是拿出画板精心地画起眼前这位和自己同甘共苦的美丽女孩。他画到她的手拿着笔在本子上谱曲时,突发奇想地在她的手指上画了一枚戒指,畅想着以后一定要送一枚画上这样的戒指给阿丽。王强将画好的画摆在蔡永丽的双膝上,蔡永丽吃惊地抬头看看王强,看到他满脸神秘的笑,又低头仔细观赏他画的画。只见画上一位扎着两个俏皮的小辫子的女孩坐在一棵大树下,眉目低垂着,左手扶着膝盖上本子的一角,右手拿着笔在本子上谱曲。蔡永丽露出美美的笑,知道王强画的是自己。突然,那枚戒指映入眼帘,她情不自禁地站起来拿着画问王强:"这是送给我的戒指吗?"

王强深情款款地点点头:"我想要送一枚画上这样的戒指给你,作为我们的订婚礼物。"

"真的吗?我好幸福、好期待哦!"

"丽丽,两年很快,我们不能辜负大山的孩子们,我们要将所有的知识都教给他们,同时也锻炼自己。等我们回去后,我就上你家去求婚,让你父母看到一名优秀的未来女婿。"

"嗯！我也要好好锻炼自己，提高我的业务水平，教好大山里的这些学生。你父母会有一名优秀教师做未来儿媳妇。"

"丽丽，你真好！我爱你。"王强拥抱着蔡永丽。她甜甜地笑着，闭着眼睛，躺在王强温暖的怀抱里享受这份浓浓的爱情。

事业和爱情双丰收的蔡永丽和王强，在这所山村的学校里尽情地发挥着他们的艺术才华。

帮助朋友,以保持友谊;宽恕敌人,为争取感化。

——[美]富兰克林《格言历书》

第十章　警察路　感化前仇

商店的门口,圣慧偶遇了陈雪。她们四目相对,陈雪顿时目瞪口呆。此时站在她面前的圣慧就像脱胎换骨一样,英气逼人,目光敏锐,满脸的自信,丝毫找不到过去那瘦弱的黄毛丫头的影子。真是翻天覆地的变化。陈雪以前居高临下的傲慢,荡然无存。

五年前的一幕幕又浮现在眼前,那时愚昧的自己看不到圣慧和李涛之间内心的默契及互相欣赏所产生的共鸣,只看到外表,认为自己个子高挑、身材苗条、皮肤白净,是个大美女,男孩子都应该以她为中心,而不像李涛这样对她不屑一顾,因而她一直为李涛喜欢圣慧而愤愤不平。

而现在自己犯下了弥天大错,不仅毁了李涛和圣慧这一对鸳鸯,还把李涛逼进了监狱,又间接害死了李涛的父亲,使李涛的母亲失去了伴侣。陈雪想到这些,连自己都不可饶恕自己,真想一头钻到地缝里再也不要出来了。她正胡思乱想、不知所措时,圣慧主动向她伸出手来,大方地招呼着:"你好,陈雪。"

陈雪回过神来,怯生生地伸出了手,像是犯了大错的罪人,并用乞求的眼神看着圣慧:"能请你坐坐吗?"

咖啡馆里,陈雪叙述着过往之事:"对不起,圣慧,是我把李涛害进了监狱的。可是这些年我都在弥补,每天除了上班就陪着李涛的母亲。我想以此来赎罪,想得到李涛的谅解。现在他妈妈一个人孤苦伶仃的,已经不能没有我的陪伴。我一定会对她负责任的。可是,李涛还是不能原谅我。五年了,我每次去监狱看他,他都一语不发,不理不睬。"陈雪说着说着,止不住地流泪。

圣慧听了陈雪的叙述,大为震惊,才知道李涛已被捕五年了,还是陈雪引起的,而且是在她去北京前几天发生的事。怪不得她去北京之前苦苦守候了三天也没有见到李涛的踪影。

圣慧有时也在想,临去北京前没有找到李涛,他可会怪自己的不辞而别?没想到李涛发生了这么大的事情。这让她思绪大乱,心情不能平静。

此时的圣慧怒火中烧、怒目圆睁,她猛然站起身来紧握拳头,双眸似火地怒视着陈雪问道:"难道你还觉得委屈吗?难道爱情需要这么卑劣的手段吗?难道你这样的不正当行为不是在犯罪吗?"陈雪被圣慧的严厉责问吓得惊慌失措、呆若木鸡。

星期天,圣慧提着礼品找到李涛的家,见到了李妈:"阿姨,您好！我是圣慧。"

"圣慧？请坐，以前听李涛说过你。坐吧，我给你倒茶。"李妈和圣慧打过招呼便去了厨房。

圣慧观察着李涛家中的环境，忽然看到了贴在墙上的奖状，正是李涛得的那张优秀工作者奖状！想到那个雪夜，他真诚地送来了奖状和象征着丰收颜色的毛衣，她不禁感慨万千：他本该是让她和他的父母为之骄傲的，可是现在……

她顿时感到胸口有一丝隐隐的痛，黯淡的眼神又游离到书桌上摆放的李涛的一张生活照上，相片中的李涛依然帅气潇洒。想到他在大蜀山为阻挡自己滑下山坡，划伤了手的情景，就像是几个月前才发生的那样历历在目，又想到她临去北京时找不到李涛时的无限惆怅和黯然神伤……一切都浮现在眼前，使她记忆犹新，念念不忘。

李妈从厨房出来，打断了圣慧的思绪："你喝茶。听陈雪说你回来当警官了，真是了不起啊！我知道你和李涛曾经是朋友，可是李涛没有那福分啊。"李妈说着又流下了眼泪。

"阿姨，有需要我帮忙的地方吗？"

"李涛还有两年就能回来了，这五年也多亏陈雪这孩子了！她对我和李涛那么诚心实意，每个月都去看李涛，可是李涛就是对陈雪没有好脸色，你说他就是替我这个老太婆着想也应该感谢人家吧？这孩子，怎么变得这么不懂事？他现在也老大不小了，回来的工作和对象都成问题啊！"

"阿姨,您别想那么多,回来以后自然会有办法的。您把身体保重好,就是对李涛最大的帮助。"圣慧安慰着李妈。

李妈继续说:"说实话,这些年我也想了很多,人家陈雪对我们不离不弃,也不嫌弃李涛,这两人要是能成为一家人多好啊。这也是我的心愿。这孩子实诚,为涛儿父亲的去世而自责,差一点就丢了性命。我和她妈都许诺同意她和李涛的亲事。我和她在一起心里也踏实。我很喜欢这孩子,真心希望李涛能接受她,使她成为我的儿媳妇。也只有这样我才能报答陈雪这几年对我们家的照顾。我知道李涛心里可能还没有忘记你,可是毕竟你们的差别太大了,你是名校大学毕业,他只是个初中生,而且现在还是个犯人。将心比心,你父母也不会同意你们在一起的。换是我,也会阻拦的。不好意思,我跟你说了这些,谢谢你来看我!"

"应该的,阿姨。我会帮助李涛的,请您放心!"

"几年前,儿子被捕,老伴去世,丢下我一个人孤苦伶仃地守着这个空房子,要不是陈雪像家人一样地陪伴我,那我就是生病了也没有人来送一口水,我肯定也不能撑到现在。"

圣慧这时明白,再好的感情只要一远离,就会被别人的陪伴所代替。现实会取代一切虚无缥缈的东西。

"最高的圣德便是为旁人着想。"圣慧深刻理解雨果说的这句话。知道了李涛母亲对陈雪的肯定,看到她慈眉善目的脸上透着的伤感,圣慧决定想办法帮助她老人家实现愿望。

圣慧约陈雪来到了咖啡馆,单刀直入地问道:"你非常爱李涛吗?我可以帮你。"

"是、是的,可、可是,圣慧,你、你还爱他吗?"陈雪张口结舌,继而吞吞吐吐地说。

"爱!"圣慧的回答使陈雪吃惊不小,她感到丈二和尚摸不着头脑,不知圣慧的葫芦里卖的什么药,也吓得大气不敢出。

圣慧继续严肃地说:"可是爱也要带着善意,应该考虑到他身边人的感受,而不能一味地勉强。我是想帮助李涛的母亲实现愿望,而不是为了你。"

"可是李涛不接受我啊。"陈雪悲伤地说。

"那你不能想想办法吗?"

"我想了很多办法,他都不理我。我每次去看他,都烧了不同的菜给他换口味,或者买些衣服给他,他都无动于衷,没有一点表情。"

"你以为别人都那么俗,都只要物质上的东西吗?精神才是生命支柱!"

"啊?圣慧,精神上的我可给不了啊,就算我说甜言蜜语,他也听不进去。"

"人要实际,不是靠甜言蜜语耍花招!"

"圣慧,求求你帮我想想办法,好吗?我以后一定会报答你的!"陈雪恳求道。

"我不需要你任何报答,只要你一心一意地对待他和他的母亲就行了!"

"请你放心,我一定会尽力对他们好的!如果我有半点虚情假意,天打五雷轰!"陈雪发誓说。

"不要说那么多。明天晚上见。"圣慧说完,头也不回地走了。

陈雪愣在那里,看着她的背影,心里非常内疚也非常敬佩她,难怪那时李涛对圣慧那么爱护,他真有眼光,圣慧确实是个富于聪明才智的才女。陈雪现在无比后悔自己当时的无知幼稚。

第二天晚上,圣慧见到了陈雪,递给她一张信封说:"把这个拿回去重新抄写一遍,结尾处写上你的名字送给他。"

陈雪回家打开一看,是圣慧帮她给李涛写的一封信。陈雪抄着抄着,感觉终于抓到了救命稻草:

李涛:

你好!最近你妈妈身体很好。知道你还有不到两年就能回来了,她老人家的心情也好多了。

我知道你还在生我的气,我也很内疚于我当时的无知。可是那个时候我满脑子都是你小时候带着我到处去玩,还帮我教训那些欺负我的人的事,我心里一直以你为傲,觉得我们是青梅竹马、两小无猜,就慢慢有了私心,认为你应该是属于我的,因此做出了不该做的事,也害了你。

对不起,请你原谅我。我决心用一生来弥补我的过错,来孝顺你的母亲。

陈雪

拿着抄写好的信,陈雪对圣慧感激不已。这几年她尝尽了痛苦彷徨的滋味,正在无计可施时遇见了不计前嫌的圣慧,真是绝处逢生。她知道也只有圣慧能有办法帮助她解决李涛的事情。

此刻,陈雪深深地感到,原本圣慧和李涛是那么般配,那么心有灵犀,可是她一手改变了李涛的命运,毁了他的前程,使他变得不完美。他现在已配不上圣慧了。她想,如果能有让一切恢复如初的灵丹妙药,她一定不惜代价将它买下,来将李涛变得完美如初,交还给圣慧,那样该有多么美好!如今她把自己和李涛及李涛的家人都变得这么悲惨,她应该得到报应才对,怎么还能得到李涛的母亲和圣慧如此的宽容呢?她知道自己欠圣慧的、欠李涛和他家人的太多太多。她必须振作起来,吸取教训,绝不再做对不起身边的人和危害社会的事情了。

圣慧为了帮李涛的母亲实现愿望,无可奈何忍痛割爱。她带着丝丝忧伤、满满善意帮助陈雪走进李涛的世界。

这天,圣慧正在收拾材料准备下班,突然一个熟悉的身影出现在她面前。

"阿丽！""慧慧！"她们几乎异口同声地喊了出来。圣慧简直不敢相信自己的眼睛,是蔡永丽!

"慧慧,你找得我好苦啊！你知道吗？你走的这几年发生了翻天覆地的变化！"

"阿丽,我也非常想你！"

她俩紧紧地拥抱在一起,眼里都挂着激动的泪花。

"让我看看！你简直变了一个人,穿着警服,这么潇洒帅气,真是英姿飒爽！"蔡永丽打量着圣慧。

"你也越来越漂亮了,这身紫色的长裙穿起来好优雅！"

"慧慧,我发现你健壮多了,根本不像以前弱不禁风的样子。"

"我上警校就天天锻炼,都练得一身肌肉了,能不健壮吗？"

"威武！帅气！漂亮！让我好好看看,这还是以前那个文质彬彬的小慧慧吗？"蔡永丽啧啧称赞。

"阿丽,你怎么回来了？穿得这么光彩照人,比演员还要靓丽！"

"我大姐要结婚了,我是请假回来当主持人的。母老虎终于要嫁出去了！不过,我现在已经不怕她了。"

"哈哈,真好！我和你一起去庆祝庆祝！"

"好啊,正好我有许多话要和你说！你知道吗？你去北京前,李涛就出事了,之后王强像疯了一样去我奶奶家找我,一见到我就大哭起来,你想那时他有多难受,才能那样号啕大哭？我们一起到你家去找你,才知道你刚走,去北京了。"

圣慧听了阿丽的话,又被勾起了无限的痛楚:"我得知落榜的消息时,你已经去农村了,我爸爸责怪妈妈不叫我去北京上学。那时我心里难受极了,知道肯定要远离你们了。我去和李涛道别,可是一连三天都没有找到他。哪知道发生了这么大的事情!"

"是那个该死的陈雪害了他!这是我后来听说的。"

"唉,我看到陈雪了,她把事情的来龙去脉都说了。我非常震惊,真是意想不到。我去了李涛家看他妈妈,他妈妈说双方家长将陈雪和李涛的婚事都定下来了,真是世事难料。"

"什么?仇人反倒成亲了?岂有此理!不可能,这不可能!"

"阿丽,你要是听了李涛妈妈的话,就知道这事是可能的。五年来,陈雪服侍他瘫痪的爸爸,陪伴着他的妈妈。陈雪付出了很多,打动了李涛的妈妈。因此,双方家长同意了这门亲事。"

"李涛知道这件事吗?他一定不会同意的!"

"本来我是想星期天和李涛妈妈一起去监狱看李涛的,可是他妈妈的意思,是让我根本不要在李涛的面前出现,否则他更不安心。"

"要不是那个该死的陈雪,你和李涛是多适合的一对!"

"适合的不如陪伴的,陪伴的才是贴心的。你看陈雪和李涛的妈妈多贴心啊!儿子都听妈妈的,因为他妈妈喜欢她,李涛迟早会接受陈雪的。"

"照你这样说,要想和丈夫搞好关系,首先就要和婆婆贴心？幸好我和王强的妈妈关系不错！"

"我妈妈曾经对我姐姐说,如果不和爱人的妈妈搞好关系,夫妻关系也容易出问题。"

"慧慧,你妈妈说得真有道理！你以后肯定会是个好媳妇,可惜了李涛。"

"陈雪也会是李涛妈妈的好媳妇,只要她和李涛都能转变,李涛妈妈在中间做工作应该不难。"

"那你就这样放弃李涛了？"

"有些事是不能只由着自己的意愿的。为了不伤李涛妈妈的心,我只能如此。"

"慧慧,我真佩服你这样识大体、顾大局,拿得起放得下。"

"'人不宽容难远大。'我想成全李涛妈妈的心愿,通过陈雪来帮助李涛。"

"慧慧,你的决定一定有你的道理,我支持你！不过,王强要是知道了,心里一定很难受,我们四个人还是要分散的。"

"难受是暂时的。我想,将来我们还能做好朋友,互相帮助,共同进步。"

"慧慧,能那样就太好了！友谊长存！"

宽不纵恶,猛不伤惠。

——《宋史·上官均传》

第十一章　释怀路　快乐如初

周末,圣慧给李涛买了衣服、书籍、食品等一大堆东西,和陈雪一起来到了监狱。她将这些东西交给了陈雪,自己则躲在一边看着陈雪进去的背影,心里五味杂陈。

此时她迫不得已,旧友就在眼前,却不能去看他,更无法和他说心里话,说说这几年她是怎样战胜困难努力拼搏的。她何尝不想去帮助他一起渡过难关,然后共同走向美好的未来?可是,李涛母亲的话让她无法前进一步,只能躲在幕后。

圣慧正沉思着,忽然被一声洪亮的声音惊醒:"圣慧,你怎么来这里啦?大驾光临,也不事先通知我一声。"

"孙庆军,听说你分配在这里,好久不见!"

"可不是嘛!整天忙得团团转,岗位实战和学校所学的还是有所不同,有很多东西需要在实践中学习掌握。不过,今天你可不许走哦,我们警校有名的才女可要传授给我一些工作经验啊!"

"我也才工作,哪有什么经验啊?你这位大才子,还要请你教教我呢!"

"圣慧,我突然想起上大二时,我们俩还合作出过刊物,我起的笔名,你叫水草,我叫日月。你还记得吗?"孙庆军热情洋溢地说着。

"怎么不记得?要不是课程多,那时整天就想出刊物或者看课外小说。"

"不过,那次学校组织我们到香山去秋游,你写的诗歌《红叶》我可是倒背如流啊!"

"是吗?你真厉害!已经几年了,我自己都忘得差不多了。"

"圣慧,我背给你听,你看可对啊。"

于是孙庆年念道:

红叶,我在秋风中和你相遇,
在阳光下观你起舞。
你披着红艳艳的外衣,
似一群婀娜多姿的少女,翩翩起舞,洒脱飘逸。
你有序地在红枫树上傲立,
如一排排即将要点燃的爆竹,如此地欢天喜地。
你神气活现,就像各就各位的运动员,

精神饱满，时刻等待着一声哨起。

最美的是你随风缓缓地飘入小溪，

伴着成群结队的小鱼儿追逐打闹，川流不息。

你又像一颗颗闪亮鲜艳的红五星，

光彩夺目，灿烂光辉。

一路上你尽情地玩耍嬉戏，

但最重要的任务，你绝对不会忘记，

那就是随着美丽的小溪向世人报喜：

丰收的季节到了！小鱼儿也快乐地游来游去。

瞧！这美好的景象，是何等惬意！

生命里竟有这般流动的美意，

这就是大自然的魅力！

红红火火，给人间添喜。

"你还真是一字不漏地背了下来。佩服，佩服，不愧是过目不忘的天才啊！"圣慧惊叹道。

"哪里是天才，只是我们才女写的这首诗歌太诱人了，我才有兴趣记下来。哎，圣慧，我想问你，你一个女孩子怎么会选择上公安警校呢？"

"女孩子怎么就不能上警校？我喜欢破案，追求正义，公安正好能给我维护正义的机会。大才子，你为什么要上公安警校呢？"

"你们女生都有这样正义凛然的气魄,我们堂堂男子汉当然也想当警察来捍卫国家的安全咯!其实,当初我对物理很感兴趣,想专心研究物理,做一个像杨振宁那样的大科学家,多让人赞叹啊!可是主要是能力还没有达到,还有这套警服也很吸引我。圣慧你说,我是不是虚荣啊?"

"虚荣,也不全是坏事吧。虚荣里也含有自尊心,想得到荣誉就必须奋进,虚荣不就转换成动力了吗?"

"哈哈,圣慧,我发现你的逻辑能力很强,不愧是我们班的才女啊!"

原来圣慧和孙庆军是警校的大学同学,在北京四年的同窗、共同的经历,使他们有说不完的话题。此时相见,他们倍感兴奋。

"哎,圣慧,你接到通知了吗?同学们的工作都落实稳定了,马上国庆节放假,大家准备回校庆祝,安徽籍的同学都到我们省会来集合,一起去北京!"

"接到通知了,这下又热闹了。"

一转眼结束了四年的大学生涯,同学们都在全国各地政法部门工作了。经过四年的紧张学习和摸爬滚打,以及一起生活的点点滴滴,同学之间结下了深厚的友谊。

相聚的日子很快就到了,同学们满面春风地赶回母校。这是大家在全国各地走上工作岗位后的第一次回校相聚。

走进了学校大门,圣慧感觉还是那么熟悉、那么亲切。月季花娇艳欲滴,金银花的香味更是沁人心脾。

还有那棵大树上结满了黄澄澄的柿子,像迎接大喜事的一个个小灯笼灿烂地挂在树上,它们既是小鸟们的所爱,也是人们的美味。这边绿油油的大枣树上,一颗颗饱满的枣儿铆足了劲地生长着。金秋十月,校园里处处能看到硕果累累的喜人的丰收景象,让人心旷神怡。

鸟儿们好像也知道了他们返校聚会的盛事,热情地守候在树上的各个枝头,做着各种优美俏皮的动作。你瞧,它们不停地摆动着美妙的身姿,伴着清脆的嗓音,好像在说:"很高兴见到你们!欢迎你们回母校,欢迎欢迎,热烈欢迎!"它们放声高歌的欢快声吸引着其他鸟儿从四面八方飞来,大树上高朋满座,好不热闹。圣慧觉得惊奇,这些鸟儿好像真是来欢迎他们的,没有离开的意思,而且越来越声势浩大,估计它们也要在这里举行一场盛大的会议。这不,它们相互用热情的、响亮的声音打着招呼,就像参加歌唱比赛一样展示着美妙的歌喉,又像是在做抢答题一样争先恐后地说个不停。

在等待同学的圣慧,索性参加了鸟儿的会议。她首先猜测它们是在为这样温暖的天气而兴奋,但是,它们又七嘴八舌地互相提醒着大家不要大意,冷空气即将来临。那个块头最大、声音最响、居高临下又叽叽喳喳说个不停的鸟儿,一定是它们的头儿。它好像在吩咐大家要未雨绸缪,并在分工谁负责赶快筑巢,

第十一章 释怀路 快乐如初 | 133

谁负责储备粮食或者大家准备好随时往南方迁徙。

圣慧发现它们看似吵吵闹闹、杂乱无章,可它们的性格都很直爽,总是不假思索、毫无保留地把自己的看法说出来。而且它们很有执行力,有说干就干的精神。最能感染人们的是它们永远散发着生机勃勃、活力四射的精气神。圣慧特别喜欢它们筑建的鸟巢,那真是巧夺天工,精致漂亮,以至于她每每看到鸟巢都会情不自禁地想拍下来。她更喜欢它们总是在喜气洋洋的氛围中嬉戏着,总是在快乐中寻着食儿、衔着草儿、唱着歌儿。好像它们有呼风唤雨的能耐,它们的所到之处就会立刻有鸟儿响和景从,不由得激起了人们快马加鞭、斗志昂扬的豪情。

同学们终于到齐了,见面后,大家更是激动不已。在一阵热烈的寒暄拥抱后,班长沈磊同学动情地朗读着重逢的致辞:

今夜,我们无眠,因为有你,才会相聚。岁月在青春的日子里开启人生的练达。"没有早一天,没有晚一天",却在同一天我们成了今世的同窗。在一个教室里,在同一个老师的启迪下,你追我赶,互帮互助;在一个操场上摸爬滚打,擒拿格斗。我们一起流汗流泪,一起欢歌笑语。颐和园的柳树,曾被编织成美丽的草帽;北海公园的水,洗涤过我们纯洁的心田。在这个教室里成就了我们一世的同学情,天南海北也改变不了这珍贵的友谊,斗转星移也抹不去我们点滴的回忆。

今天,我们已学业有成,奔赴祖国的东南西北。我们将满身的激情和干劲,发挥在工作的岗位上,我们将祖国培养的才能,贡献给人民!

同学们,今天,我们又相聚在一起,让我们共同举杯,把酒言欢,互诉衷情;让我们畅所欲言,谈谈你的工作经验,说说你的创新积累。

同学们,让我们伸出双臂,拥抱友谊,拥抱未来,拥抱祖国的大好天地,尽职尽责为祖国发挥我们的能力!

在沈磊的鼓动下,同学们热情高涨,纷纷交流心得体会,互相探讨工作经验。大家在各方面都有收获,满载而归。

回来的路上,孙庆军热情地帮着圣慧将购买的大包小包的北京土特产搬上搬下。圣慧连忙答谢:"才子大人,你辛苦了!你这么勤劳,我都不好意思了。"

"你要是不好意思啊,回头请我吃饭呗!"

"好!这不是小菜一碟吗?"

"小菜一碟可不行,我要四菜一汤!"

"噢,这可是高规格啊!"

"现在我都后悔当初来上学时怎么没有认识你,要不然我们约好一起来上学,路上我可以帮你搬东西,最起码也能有你赏赐的小菜一碟啊!"

"你以为我这么抠门,还真是小菜一碟啊?肯定会再加两个咸鸭蛋呗!"

"哈哈,还要一瓶二锅头!"

"二锅头要从北京回来才有啊,去的话只能是可乐一瓶咯!"

"好啊,很不错啦!可乐一瓶、小菜一碟、美言一句,想想都美滋滋的。"

"'生而富者骄,生而贵者傲',而你是生而简者乐。知足常乐啊!"

"说得好!生活简单就是快乐。圣慧,你这古今中外格言学得好,引用得体,贴近生活。"

"和你这位才子的学问比还差得远呢。"

圣慧和孙庆军两人挥手道别,约定以后常常联系。

转眼又过去了几个月,陈雪又从圣慧那里拿来了一封信:

李涛:

你好!季警官说你表现得非常好!他说他找了机械技术的专业书给你,你也在很认真地学习。我把这事告诉了你妈妈,她很高兴,也看到了希望,仿佛你现在是上大学去了。能看出她心里充满着期待,知道你不会让她失望的。现在她老人家脸上又有了笑容。对了,快过年了,你妈妈已经叫我和她一起去百货大楼给你精心挑选了衣服和裤子,型号是180的,你穿应该正合适。还有内衣、内裤、鞋子、袜子,都准备好了,想让你焕然一新!她还在院子里养了两只鸡,等你出来啦,小鸡崽刚好长成,给你煲汤!

陈雪

李涛看完了信,正沉默着。这时狱友夏明过来接过李涛手中的信读了起来,然后拍着他的肩膀说:"哥们儿,你真有福气!陈雪还真是不错,坚持了这么多年,为你送这送那,照顾你的母亲。你就忘了你的那个圣慧吧!"

"燕雀安知鸿鹄之志!"李涛没好气地回应夏明。

"哟,《史记》你都懂啊?古文我可也学得不错:'我住长江头,君住长江尾,日日思君不见君,共饮长江水。'好美吧?不过,李涛,你听好了,还有一句更适合你:'自古多情损少年。'过于痴情会损伤年轻人的身心。你就醒醒,从实际出发吧!"

"你是'没倒过大霉,所以对人说话才轻飘飘的'。"李涛回答夏明。

"我还没倒过大霉?我要是不倒霉,现在我还是一名优秀的人民教师!我都后悔'死'了,当初一时冲动脑子犯糊涂忽视了法律!"

"谁不后悔呢?是人都会后悔!'命由心造,人都是自食其果。'"李涛闷闷不乐地说。

"你小子还知道这句话?这是英国作家高尔斯华绥说的。"

"我管是谁说的,我都是听圣慧说的。"

"看来圣慧还真是个才女,那你就更不能拖她的后腿了。你这才是燕雀不知鸿鹄之志呢!圣慧她志向高远,你现在还在坐牢,你以后到圣慧家去,她爸爸还不打断你的腿啊?你忍心看着圣慧痛苦吗?珍惜眼前的陈雪吧!难得她对你妈妈那么好,你们才是最合适的,赶紧给她回封信吧!"

李涛忧愁地对夏明说:"我倒不是觉得她不合适。这么多年她对我母亲无微不至地关怀照顾,给我解决了后顾之忧。现在我已经不恨她了。只是我感觉圣慧一直离我很近。那次她高考落榜,她父母一定气坏了。要知道她平时学习很好,是我耽误了她。一定是她父亲让她留在了北京,不然她绝对不会不来看我的。"李涛十分沮丧地说。

"所以你就死了那条心吧!"夏明劝着李涛。

不一会儿,夏明拿来了纸和笔,对李涛说:"回封信吧!'精诚所至,金石为开。'这么多年,陈雪对你妈妈的精心照顾,就是石头也被感化了,难道你连石头都不如吗?"

李涛终于拿起了笔:"陈雪,感谢你对我母亲的照顾。我也有责任,当时不该冲动去报复……"

陈雪接到了李涛的回信,欣喜若狂,激动万分。她兴奋地喊着:"李妈,李涛回信啦!李涛回信啦!"

"真是万幸啊!你快要熬到头了!"李妈急忙迎了出来,高兴地说。

"这些都是圣慧的功劳。我现在彻底明白了腹有诗书气自华的强大魅力。"

"是啊,圣慧是个好孩子。她将来会很幸福的。"短短的几行字,她俩看了又看,激动地相拥而泣,悲喜交加。

陈雪做梦都没有想到,圣慧帮她写的几封信,轻而易举就打动了李涛。

此时的陈雪,更是打心眼里佩服圣慧。这让她更加懂得了知识的力量。

教育的根须是苦的,而教育的果实却是甜的。

——[古希腊]第欧根尼《亚里士多德传》

第十二章　挽救路　浪子回头

一天,圣慧在给少年犯上普法课。下课时,圣慧正在收拾课本,突然一个男孩递给她一张纸条就跑了。她打开纸条,读道:

圣警官,您好！我叫方瑞,再过几天就满十四岁了。我爸爸赌博,妈妈离家出走,我就成天和几个小伙伴混在一起,有时玩到肚子饿了,就开始偷吃扒拿,不知不觉走上了犯罪的道路。自从听了您的课,我很受启发,懂得了只有学法守法、严格要求自己才能有出路。我决心改过自新,等我出去后一定好好学习,重新做人！我想请求老师,下个月我就期满了,在我出去以后您能每个月给我写一封信吗？哪怕您没有时间,每个月给我寄一封一模一样内容的信,我也会感到温暖。您的信会像指路明灯,给我力量,使我向好的方向前进。

看着这张纸条,圣慧想到自己十四岁时,母亲总是将香喷喷的饭菜端到她面前,自己还经常耍小脾气,只要家里人稍微说话得罪了她,她就装着生气不吃饭来"绝食斗争",害得母亲在她房门外急得团团转,慢声细语地不停地劝着她出来吃饭。有一次,她在房间里睡着了,母亲以为她就不出来,还请来了她的同学劝她出来吃饭,生怕她饿着。而这个男孩小小年纪就失去了父母的关爱,经常在外面忍饥挨饿。想到这里,一贯内心强大、意志坚强的圣慧此时却鼻子酸酸的。她忍住眼泪不让它流出来,感觉自己肩上多了一份沉甸甸的责任。

圣慧知道就像花朵需要浇水,树苗需要培土,病人需要对症下药一样,方瑞也需要她的帮助。

第二天晚上,圣慧把方瑞叫到食堂,并端来一碗鸡蛋面:"方瑞,我提前给你过生日,吃吧,生日快乐!"方瑞怯生生地看着圣慧,不知道说什么好,眼泪已经在眼眶里打转。

"我看了你的信,写得很好!谢谢你对我的信任。无意间失足,能及时意识到自己的错误并改正,就像病人得到及时救治就会化险为夷。莎士比亚说过这样一句话:'一个人知道了自己的短处,能够改过自新,就是有福的。'家庭的因素是一方面,但是也有些人从小就失去了父母的照顾,自己反而更加意志坚定、自力更生、发愤图强,干出一番成就来。我希望你以后能够明辨是非,以法律为准绳,千万不能触犯法律。比如偷盗、打架、赌博、制假、贩假、吸毒、贩毒、杀人、放火等等,都是犯罪行为,都将受到法律的制裁。如果触犯了法律,就等于捆住了自己的手脚,让自己失去了自由。这样会影响自己的发展,甚至会葬送自己的大好前程。你现在醒悟还不迟。从现在起你要认真地学习文化知识,更要学好法律知识,努力掌握本领,懂得遵纪守法,避免违法犯法,今后才能成为对社会有用的人才!我答应你的要求,会每个月给你写信的。"

方瑞听了圣慧的话,顿时脸上露出了灿烂的笑容,并坚定地对圣慧说:"圣警官,我一定不会让您失望的!"圣慧看着方瑞纯真的笑脸,知道又一个浪子回了头。她非常希望看到每一个少年犯都能这样改过自新,成为一名优秀的人。

又一天,圣慧哼着小曲准备出去办事,刚出单位大门,就见一位焦虑的老奶奶拦住了她:"你是圣警官吧?我是许小斌的奶奶。"

"噢,许奶奶,许小斌是上星期过的生日,我记得的。"圣慧回答老奶奶。

老奶奶激动地说:"是的,是的,圣警官你还知道他是哪天生日啊?小斌这孩子命苦,几年前他父母出车祸死了。从此小斌的性格就变得很内向,好像他总是憋着一股气,果然憋出问题来了。"说着说着她突然站不住,瘫倒在地上。圣慧弯下腰来搀扶她,看她脸色苍白,呼吸困难,急忙回到办公室打电话叫救护车,并随同救护车陪老奶奶去了医院。

医生告诉圣慧,老奶奶心脏病发作,现在非常危险,要及时做手术安装起搏器,否则可能会脑血栓造成瘫痪,甚至死亡。手术费需要近万元!圣慧立刻紧张起来,这可怎么办?怎么能联系到她的家人?而且老奶奶的儿子媳妇都已因车祸离开人世,只有在狱中还没有成年的孙子。此刻不能耽误,先救人要紧!

圣慧急忙和医生商量先给老奶奶做手术,并用警官证担保,回去筹集费用。她火速地回到家里求援,将老奶奶的事情告诉母亲:"妈妈,能不能给我八千元钱?我自己还有点积蓄再添上。"

"不是我不给你,攒了这么多年就只有四五千元,还是准备给你结婚陪嫁用的。"

"妈,我结婚不用您陪嫁,您现在就给我吧!那个孩子已经没有父母了,要是他奶奶也死了或者瘫痪了,那孩子怎么办?"

"那这些钱都给你也不够啊,还差那么多呢!"

圣慧和母亲一筹莫展,焦急地想着到哪里能筹到钱。

沉默片刻,圣慧母亲忽然说:"我去问问你表姐可有钱吧。这些年她们家农副业发展不错,经常到市里来卖蔬菜、家禽,还有甘蔗之类的东西。"

"好啊!妈妈,我现在就陪您去!"圣慧和母亲骑着自行车在市里表姐经常去的农贸市场寻找着,可是跑了三个农贸市场也没有看到表姐的踪影。她们正无可奈何地准备往回赶,这时听到有人在喊圣慧的母亲:"曹主任,您在这里干什么啊?"

圣慧回头一看,赶忙说:"妈妈您看,那不是你们单位驾驶班的班长陆师傅吗?快,请他帮忙开车带我们到表姐家去!"

就这样圣慧和她母亲坐着陆师傅的车,风驰电掣地向郊区开去。她们从表姐家又借到了两千元钱,还差一千多元。陆师傅听说了此事,主动提出将自己的积蓄也借给圣慧:"慧慧,今天你给我上了一堂特别的慈善课,还有警官给犯人的家属借钱看病的,真是少有。"

"陆大哥,我正巧撞见许小斌的奶奶犯病了,就是谁遇到了这事也不会袖手旁观的,救人要紧。"

"那还是你的责任心强啊!第一时间就将老奶奶送到了医院,要是稍有耽搁,她可能就性命难保。老奶奶还是遇到好人了!"

"她的家庭情况特殊,儿子、媳妇出车祸去世了,就剩下这个孙子。本来这孩子就性格内向,加上他父母出事,他就一蹶不振,经常在外面游荡。有一次,他在路边看到了一个骑三轮车的男同志不小心将旁边的一位女同志碰倒在了地上,许小斌看到后,可能想起了他父母的车祸,怨恨油然而生,立即拿起店面旁的一根木棍砸向三轮车师傅,将对方砸伤了。因为他才十三岁,就送来我们少管所了。如果不能将他奶奶救活,他的情况就更是雪上加霜了。"

"但愿能救活他的奶奶。慧慧,你们这工作真是神圣又伟大,也是在治病救人!医院是救人的身体,你们是救人的思想。

真是敬佩你们。"

"你陆大哥也很优秀,以前在部队的时候,他还驾驶过坦克呢,也很了不起!"母亲接过陆师傅的话。

"陆大哥这么厉害?敬佩啊!"

"你陆大哥可是我们单位的大英雄!上次发大水,他下班时路过河边看到有两个儿童落水了,是他及时将他们救上来的,不然两个小孩就危险了,见义勇为的事迹都登报啦!"母亲继续说。

"哇,陆大哥不愧是曾经的坦克兵,身手不凡啊!两位儿童也是遇到福星了。我们今天也多亏您啦,开车带我们跑了那么远的路,还借钱给我,真是雪中送炭啊!"

"慧慧,你这样不遗余力地帮助一个少年犯的奶奶,你这也是在积善积德,善有善报啊!我这点钱,不急着要,随便你什么时候还给我都行!"

圣慧只是想着要急救昏倒在自己面前的许奶奶,并没有想到自己在积善积德,更没有想到要得到回报。可陆师傅的话也让一直焦急不安的圣慧轻松了不少,主要是费用的难题得到了解决。

圣慧用凑到的钱及时交付了手术费,然后急忙找到主治医师:"您好!医生,这是我交款的单据,请问手术做了吗?"圣慧焦急地询问。

"手术刚做完,现在病人在观察室。手术很成功,你放心吧！我还是第一次看到为一个外人帮忙垫付这么一大笔钱的。"

"谢谢医生！这是特殊情况。"圣慧终于松了一口气。

接着她又马不停蹄地回到了单位给领导写了报告,申请带出许小斌去医院看望他奶奶。经圣慧担保,领导特批她带出许小斌。

许小斌见到病床上的奶奶时,号啕大哭,这可是和他相依为命的奶奶啊！经过救治已转危为安的老奶奶,拉着许小斌的手对他说："多亏你们圣警官救了我,不然你现在可能已看不到你奶奶啦。"

"许小斌,这几天你要在这里细心看护你奶奶,我相信你能做好！"圣慧微笑着对许小斌点点头便走了。

"你们这位圣警官心肠好啊！医生说是她筹钱给我做手术的,不然奶奶就没命了,这可是一大笔钱啦！小斌啊,你一定要听她的话,好好学习改造,将来有出路了,可要好好感谢她啊！"

晚上,圣慧又来到了医院,还带来了吃的和两本书给许小斌："你抽时间看看这两本书,会对你有帮助的。毛主席说青少年就像早晨八九点钟的太阳,因此要朝气蓬勃、思想阳光、积极向上。你不要有顾虑,争取甩掉缺点,做个好少年,相信你能做到！"

许小斌看着圣慧,坚定地点点头："谢谢圣警官！谢谢您救了我奶奶的命！我一定听您的话,好好学习,重新做人,将来好好工作,挣钱来还您帮我奶奶垫付的医药费。"

"好!我相信你能让大家刮目相看。期待你的焕然一新。要记住,一个人要能控制情绪,才能赢得人生。凡事学会克制,才能头脑清醒不误大事。要记住这句话:'小不忍则乱大谋。'动不动就生气,会伤和气、伤身体;忍不住就打架,会将事情弄得更糟,甚至让自己走上犯罪的道路。因此,要学会调整情绪,而不能一时冲动只顾自己出气,而导致无可挽回的后果。"

"我记住您的话了!我一定会按照您的要求去做,做一个能控制自己情绪的人,做一个一直去做好事的人!"

许小斌诚恳地和圣慧表态,也让圣慧感动不已。从前她很难听到性格内向的许小斌开口说话,觉得他总是心事重重的。这下圣慧放下心来。

几天后,少管所的门前锣鼓喧天,只见三个男人和两个女人的手里拿着锦旗,上面写道:"舍己为人救一命,大恩大德一女警。"

所长和几个同事将这帮人带到了圣慧的面前。

原来这位老奶奶的一位侄儿正好带着家人从外地回来看她,得知他姑妈发生的事情,就送来锦旗,还带来了医药费还给了圣慧。

"教育者的关注和爱护在学生的心灵上会留下不可磨灭的印象。"圣慧按照苏联教育家苏霍姆林斯基的这句话将这些少年犯看成是自己的学生,并想方设法去关心他们、爱护他们,使

第十二章　挽救路　浪子回头 | 147

他们的心灵走向美好。她想出种种方法引导这些特殊人群去改正缺点、发扬优点,做个正直的青少年。

工作之余,圣慧搞起了社会调研,主要针对青少年思想教育。她走访街道居委会,了解一些青少年情况,掌握了大量的第一手资料。其间她接触到马鸣和侯一辉这两名少年。他俩情况相似,一个是父母有一方过世,另一方重组家庭;另一个是父母离异重组家庭。由于缺少陪伴和管教,两个孩子接触了社会上的不良青年,多次被当地派出所警告。圣慧感觉像这样的青少年,早点扶正,可能就不会走到进少管所这一步。所以圣慧决定以马鸣和侯一辉为对象,进行帮助、指导,让其身心健康、茁壮成长。

这天她就利用星期天到马鸣家去看看,他们已接触了两次。上次圣慧告诉马鸣不要叫她警官,叫她圣姐姐就可以了,马鸣听了也愿意,他也从内心感到这个姐姐的善良、可敬。

马鸣家在市中心。圣慧来到这里,才感觉到家乡的变化太大了。先前的许多低矮的平房全部被拆除了,不是盖的高楼大厦,就是建的街心花园,已找不到过去他们玩耍过的地方的一点影子。她正在努力地回忆着这一带旧貌,老远就看到马鸣在向她招手。圣慧径直地朝他走去:"哟,今天马鸣穿得很整洁,是新衣服嘛!谁买的?"

"是姑姑买的,她从外地来看我了。"

"我也给你带礼物了,还有侯一辉的。走,我们一起去找他,中午我们一起吃饭。"

圣慧和马鸣找到了侯一辉,三个人路过一个僻静的巷子口时,圣慧敏感地朝巷子深处探望,果然发现异常!她看到一个男子正在挥手打一个看似腿脚站不稳的残疾儿童。因为这个儿童的手上还拿着几束鲜花,圣慧断定这个男子是逼迫这个残疾儿童出来乞讨的。于是她急忙将马鸣和侯一辉拽到一边,并对他们说:"你们俩在这里悄悄地跟踪这个男子,他可能与人贩子有关,注意不要让他发现你们。我到派出所去报案!"圣慧说完就迅速地消失在茫茫的人海中。

马鸣和侯一辉一下子紧张起来,立刻感到身负重任,伴随而来的是满满的正义感。遵照圣警官的叮嘱不让对方发现,马鸣提议他俩并肩从巷口路过,一个人做遮掩,由旁边人窥视这个男子的动静。就这样他们来回走了好几次,发现这个男子时而还对这名残疾儿童拳打脚踢。侯一辉气愤地握紧了拳头说:"要不是圣警官说不能让他发现我们,我一定上去打他个稀巴烂!"

"我们不能冲动,不然把他吓跑了,警察来了就找不到他了。"

"他要走了!怎么办?"突然,侯一辉焦急地指着巷子。

"我们快想个办法拖住他!有了,就说他东西丢了。"马鸣灵机一动,迅速脱下身上的新衣服扬在手上追赶上去,"喂!你们的东西丢了!"

那男子吃惊地回头一看，见是两个十几岁的男孩子就放松了警惕。

"这衣服可是你的？"马鸣问他。

"衣服？是，是，当然是我的！"男子吞吞吐吐地说着，就伸手来拿新衣服。

马鸣将衣服往背后一藏："那你是在哪里丢了这件衣服的？"

"是我的，就是我的，说什么废话？快给我！"那男子想，送到手的好货哪有不要的，他看这两个半大不小的男孩子没有什么可怕的，就动手将衣服夺去了。

侯一辉见状，上来将衣服使劲地拽了回来，马鸣给侯一辉使眼色，故意说："我刚才问过你，你说不是你的，现在怎么又不给人家了？"

"你们两个小浑蛋在唱哪出子戏啊？耽误老子的事！快滚，要不我打死你们！——走，给老子赚钱去！"男子愤怒地骂着，并拖着惊恐万分的残疾小男孩往前走。侯一辉和马鸣同时上前挡住了他的去路。男子挥手打了侯一辉一巴掌，又将马鸣推开准备逃脱时就听到后面洪亮的声音："站住！跟我们走！"原来是圣慧带着几位警察及时赶到。警察将男子带去了派出所，马鸣和侯一辉也跟着一起去做笔录。这个残疾儿童果然是这个男子从人贩子那里买来的。

马鸣和侯一辉被这件事情所震惊，他俩觉得圣警官简直就是神探福尔摩斯,太厉害了!他们同时也认识到一定要走正道,让自己更有本领,能为社会做贡献。

圣慧带着他们来到了饭店,点了两道菜和一份汤,以及米饭。马鸣忍不住地说:"圣警官,哦,圣姐姐,你太厉害了,这下那个残疾儿童得救了!"

"把那个坏蛋也逮到了!"侯一辉兴奋地跟着说。

"你们俩今天也立了大功!这次可能会端掉一个贩卖儿童团伙,很多这样的儿童都能得救了。你俩用小办法稳住了那个人,而不是直接和他打斗,这样既能避免自己受伤又使他不得逃跑,这就是智慧。而大智慧是通过学习才能得到的。今天我们逮到的这个人,就是不懂法,不学习,不务正业,所以他断送了自己的前程,即将受到法律的严惩。学习不仅能让人走正道、前程似锦,还能让人有本领帮助别人。你们俩一定也想获得更大的本领,对吧?"

"对!"马鸣和侯一辉同时响亮地回答。

"来,送给你们一人两本书,一本是《岳飞传》,一本是《唐诗宋词》。可知姐姐为什么要送这两本书给你们?"

两人面面相觑,同时睁大了眼睛,不知怎么回答。

圣慧接着说:"岳飞有一首词叫《满江红》,里面有这句话:'莫等闲,白了少年头,空悲切。'意思就是趁年少时要抓紧时间学习,建功立业,不要将青春白白消磨,等年老时徒自悲切。你们俩听了这话有什么感受?"

马鸣首先说:"我们要趁着少年时期,努力读书学习,不然将来会后悔。"

圣慧点了点头,然后将目光移到了侯一辉身上。

"我喜欢岳飞,他是个英雄好汉!"侯一辉好像一下子激情澎湃。

"好,你们俩说得都好! 马鸣理解了岳飞的这段话就是说要趁少年时期努力学习,等我们老了才不悲伤不后悔。侯一辉欣赏岳飞是英雄好汉,这说明你骨子里也想做英雄好汉。可是英雄好汉首先要有本领。那么我们现在应该怎样掌握本领呢?"

"努力读书。""认真学习。"马鸣和侯一辉小声地回答。显然他们因联想到了自己的成绩而底气不足,都低下头,不好意思起来。

"说得好! 我对你们充满希望。'世上无难事,只要肯登攀。'你们知道这句话是谁说的吗?"

"是毛主席说的!"马鸣又抢先回答。

"对嘛! 只要肯登攀,就能解决难事,这是我们伟大领袖毛主席说的。我们要听毛主席话,做个对社会有用的人。我相信如果你们俩从现在起,好好学习,不要和社会上一些不良青年来往,就会取得成功。否则你们将来就像岳飞的《满江红》里说的'白了少年头,空悲切',那时后悔也晚了。因此,你们现在就要把精力全部投入学习中,还要有考大学的准备,做一个有文化、有思想的人,将来能对国家对社会有贡献,也不辜负家人和国家对我们的培养。姐姐相信你们一定能做到,而且会做得越来越好。来,我们用茶水干一杯!"马鸣、侯一辉高兴地和圣慧举起了茶杯。

圣慧放下杯子,又对他们说:"我给你们这两本书,是要你们了解历史人物,了解唐诗宋词。这些是中国几千年历史留给我们的宝贵的文化遗产。这些文化遗产,会督促我们走向正道。只要我们接受了这些'遗产',便会成为'富有'的人。好了,今天姐姐就和你们说这么多,你们能接受、能理解吗?"

"能!"两人异口同声。

"好,你们抽时间看看,下次见面,你们俩告诉姐姐,你们看过的心得体会。对了,我还给你们一人抄写了一份我创作的关于读书好处的几句歌谣,送给你们。"

马鸣首先接过来就读了起来:

发展建设要读书,理论知识书里读。
文思泉涌阅读来,大彻大悟知识解。
成功典范在书里,胸怀大志有出息。
诗词歌赋受启发,茅塞顿开有方法。
信心百倍知识撑,自强不息有愿景。
心开目明有方向,乘风破浪向前闯。
一往无前意志强,胜券在握有思想。

书中经验来指导,醍醐灌顶清醒脑。
披荆斩棘拓展路,昂首挺胸迈阔步。
科学知识掌握好,奋起直追本领高。

  圣慧发现这两个孩子其实都比较善良,品行并不坏,而且聪明伶俐,只是缺少关怀和管教,以及正确的引导。通过这几次接触,两人行为大有改善,开始有意躲避社会上的闲杂人员,把心思用在学习上了。老师说他们的成绩明显进步,这让圣慧感到无比欣慰。

  她欣喜地看着这一个个青少年向着正道变得越来越好,就像看到了一枚枚即将孕育而出的果实展现在面前。此刻她似在品尝丰收的甜美的果实,惬意无比。

  在这一过程中,圣慧感觉到自己也一天天成长了起来,内心越来越强大,向着做一名优秀警官的目标迈进。

变化是痛苦的,但它往往是必要的。

——［英］卡莱尔《各种人物》

第十三章　初恋路　转为友情

李涛刑满释放了,陈雪带着李涛的母亲在监狱的大门口等候。季警官带着李涛从监狱里走了出来,并把李涛送到了他母亲和陈雪的面前,对他说:"回去好好干,不要有顾虑。要抬起头来努力奋斗,迎接美好的新生活!"

"谢谢季警官的教诲!我会努力的。"李涛诚恳地回答。

"赠人以言,重于金石珠玉。"《荀子》里的这句话正表明了季警官的良言无价,而李涛牢牢地记在了心里。

李涛出狱后,立即找了个临时工干了起来。每天,李涛下班回来就在自己的房间里继续研究季警官给他的机械操作书,他不想把在监狱里学到的技术给丢了。

一次,吃完晚饭陈雪就忙着进厨房去收拾了。李涛照例回房间看书,李妈跟进儿子的房间,说:"涛儿,你在监狱里待了七年时间,人家陈雪就这样无怨无悔地守着我这个孤寡老太太。

我只要和她在一起心里就舒坦踏实。再说她喜欢你也没有错,她哪里都能配得上你!有时我在想,还真是我们积了德了,能有这样一个好姑娘做我的儿媳妇,你爸爸在九泉之下也安心了。你们也老大不小了,还是挑个好日子把婚事给办了吧!不然人家姑娘像这样住我们家会被左邻右舍说闲话的,我们也要给她家人一个交代嘛。"

李涛一声不吭地听着妈妈的唠叨,也没有回答一句话。

这时李妈又说:"我知道你心里还有那个圣慧,可那也不现实啊!你想啊,人家父母能接受一个坐过牢的人吗?何况她现在是个警官,是管犯人的,你们的差距太大了。"

"妈,您怎么知道她是警官?"李涛迫切地问。

"她来过咱家了,也表示她家人不能接受你们在一起。"她对儿子说了谎话。

李涛的眼神瞬间黯淡了下来,心里想,母亲说得也有道理,他和圣慧的差距是太大了,不能痴心妄想。

李涛心里明白,自己这几年一无所有,还给家里带来重创,不仅赔光了家里的钱,父亲也因此受打击去世了。母亲为自己操碎了心,幸亏这些年有陈雪陪伴她。

看着母亲已渐渐佝偻的背和越来越多的白发,李涛也越发地心酸起来,想想自己现在能拿什么来回报母亲?人,不能只为自己活着,虽然他不爱陈雪,但为了母亲也要报答她。李涛只能默认了此事。

陈雪这一次主动约圣慧见面。

"谢谢你,圣慧。是你帮我写的信打动了他,我们要结婚啦!"陈雪兴奋地说着,满面幸福的笑容,喜悦之情溢于言表。

听到这个消息,圣慧的心里不知是什么滋味。

陈雪接着说:"圣慧,真是不好意思,还想请你再帮我一次。虽然这些年你和李涛没有来往,但我知道他心里有你,如果你不出面见他一次,让他死了心,他可能结婚了也心里不踏实。算我求你了!圣慧,我真的对不起你,可我不是故意的,当时我太幼稚无知了,我真后悔把李涛变成这样,不然你们俩就能……可李涛妈妈又……都是我的错!请你原谅我,再帮我一次好吗?"

圣慧倍感无奈,但又觉得确实应该见李涛一次,无论如何都要对自己和他的人生负责,不能再这样藏着掖着了,哪怕是用善意的谎言,也要让彼此放下心思。

咖啡馆里,圣慧等着李涛。

不一会儿,李涛进来了,仍然气宇不凡,只是脸上多了一些沧桑。圣慧客气地站起来迎接,想尽量显得不太尴尬。他们沉默了片刻,圣慧主动说:"恭喜你!要迎接新的生活了。"

李涛微笑着看了圣慧一眼,沉默不语。

圣慧继续说:"这些年发生了很多变化,厄运有时会突如其来地造访我们,使我们措手不及。但凡事有利有弊,坏事里有时也蕴藏着好事。感情也是如此,有时保持距离能使友谊更深,不会破坏心里那块纯洁的净土。"

"祝贺你成为一名人民警察！你的优秀是我预料到的。抱歉,我没能兑现承诺,没能得到十个奖状给你。"李涛终于说话了,脸上又露出了一丝笑容。

"没关系！以后还有很长的路,听说你的机械技术很好,要利用上继续发展。还有,陈雪会是个好妻子,你要好好待她！难得有人能这么持之以恒。她那么孝顺你妈妈,是值得你爱的人！你妈妈喜欢她,一定有她的道理。"

"你说的话,总是让人心悦诚服。在心里,我无数次地道歉,是我拖了你的后腿,使你第一次没能考上大学。这些年,你也一定吃了不少苦。"

"我第一年没有考上大学,不是你的错。再说不是有这样两句话吗？'困难是严厉的老师','困苦之后必有洪福'。苦难的生活也是财富的伏笔,坎坷路也潜藏着成功的契机。我相信我们都经历了这样的困难和困苦,今后我们一定会不负众望,为自己、为家人、为朋友、为社会做出成绩来。"

"我一直想把我父亲对我说的那段话说给你听,当时想,你听了一定会赞同父亲的思路。他说'适路子'这个词很好,不过,它不能只用在搞对象谈恋爱上,更应该用在专业学习、工作岗位、生活品位上。要在这些方面找到适合自己的路子,并努力为之奋斗,做新时代的有用人才,多为国家做贡献,这才是适路子。我辜负了他的期望。一想到这些话,我就惭愧不已。"

"我由衷地同意你父亲的话！不过,人都有重整旗鼓、卷土重来之力。惨痛的教训,也是前车之鉴,使我们能更好地把握未来,再给自己找一条适合自己的路。为了不辜负我们父母对我们的殷切希望和帮助过我们的那些人,我们也不能退缩,要奋勇向前。"

李涛重重地点了点头:"圣慧,听了你的一席话,我终于解开了心结。现在,我别无所求,只要知道你过得好,能远远地祝福你,我就心满意足了。圣慧,我有一个要求,可以吗?"

"什么要求?你说!"

"能拥抱你一下吗?"

圣慧缓缓地走到了李涛的面前,又慢慢地伸开了双臂,李涛轻轻地拥抱着圣慧,眼泪已溢满了眼眶。圣慧强忍着泪水不让它流到李涛的肩上,她不能给李涛留下念想,担心他母亲的愿望不能实现,担心她的设计前功尽弃,担心自己不能控制自己。李涛也只是轻轻地拥抱了她一下,他怕自己再也不愿放手,怕再耽误了她的学习,怕毁了她的前程。他偷偷地擦掉了眼泪,与心心念念的心上人道别。

"真爱是宇宙中最稳定的东西。"其实真情何尝不是想要看到对方过得好?真情不是非要得到,有时是放手。

这对有情人,因方方面面的种种原因,就这样舍弃了自己的情感。

离开了李涛,不知不觉,圣慧已走到了母亲单位和自家住宅相连的花园中。花园中,处处鸟语花香。鸟儿们好像在对她说:

"不要悲伤,忘了过去!"小鱼儿跳出水面也在引她注意:"你要高兴,看我游得好美!"花儿也都对她绽放着:"你是最棒的,一定要有出息!"好像万物都在给她加油打气,使圣慧不知不觉留下了感动的眼泪。

河边的小桥仿佛是她在北京的那块风水宝地,使她又想起了那段日子。那时,她只要一有空闲就跑到学校里那一座弯弯的小木桥那里,桥的周围生长着繁茂的花草树木,桥边有几排长长的木质座椅,还有几排石头椅子。有退休的老师和家属在此散步,也有在职教师来此闲逛,更多的是来这里读书的在校学生。圣慧喜欢那个地方,总是站在桥上将胳膊搭在木质的栏杆上看书或是思考。她觉得在这样的环境里,一切的杂念都可以放下。

她从回忆中又回到现在。现实的生活中,也要能这样该放下的及时放下,这样才能更好地去做该做的事情。

一抬头,她就看到了不远处一排排节节高升又挺拔高大的竹子,绿意浓浓,给人以积极向上的感觉。在阳光的照射下,万物都带着光芒,互相照应着、衬托着,并健康快乐地生长着。

此情此景,使圣慧豁然得到了启迪。于是她迅速转身,大步地往前走去。

帮助跌倒的人是神圣的举动。

——[古罗马]奥维德《黑海书简》

第十四章 技术路 重获新生

一个星期天的上午,李涛在家一心一意地研究着他的机械专业技术,有位老板模样的人找到了李涛的家。他敲开门问道:"请问你是李涛吗?我是夏明的舅舅,我叫张志勇。"

"噢,我是李涛,请进,请进!"李涛热情地接待这位狱友的舅舅。

"听夏明说你在机械专业方面技艺高超,我们厂正需要你这样的人才,我想邀请你到我们厂里去担任技术副厂长,请你考虑一下。"

李涛母亲听到此事,高兴地说:"那好啊!谢谢你还能想到我们涛儿。"陈雪热情地端来茶水递给这位老板。

"谢谢夏明向您推荐我,不过我不知可能胜任。"李涛有些担忧。

"你应该可以的!我听夏明说你的机械技术非常专业。现在国家搞改革开放,提倡自主创业,正是大好时机。如果你愿意集资参股也行,这样你也是股东了,说大了是企业家,说小了也是自己当老板啊!你有一手好技术,可不能浪费了。"

陈雪与李妈都觉得这是一个好机会,她们四处筹钱让李涛拿去入了股。

说来也巧,李涛刚到汽车配件厂,就遇到了技术难题。原来厂里被退回一批技术不过关的汽车零部件,张志勇老板正在对技术人员发火。李涛默不作声地走过来查看了这些废品,向技术人员问清了情况后,他独自来到车间研究操作,然后将这些废品逐一改造完善后又送到了购买方,得到了对方的认可。

李涛走马上任,首战告捷,给厂里挽回了巨大的损失,这使他增强了信心,也得到了张老板的赞赏。因此他在汽车配件厂干得得心应手、风生水起。他经常在单位加班,一连好几天都不回家,他母亲就烧好他喜欢吃的白米虾糊、银耳炒鸡蛋等,叫陈雪给他送去补充营养。

陈雪乐此不疲,隔三岔五就给李涛送菜,经常会引来同事们的羡慕:"哟,李厂长真有福气,有这么漂亮的媳妇,还这么贤惠。"

李涛却不冷不热地对陈雪说:"食堂里有吃的,下次不要来送了。"

无论李涛对陈雪怎样冷淡,陈雪照送不误。有一天陈雪听说他们晚上设备到货,要连夜加班安装,她就在家里烧了好几个菜,还从小店买了十几听易拉罐啤酒带着,送到了工地上。赶到那里时,正好李涛他们刚将设备安装完,已累得满头大汗,也正饥肠辘辘。陈雪带着美食到来自然是雪中送炭,让大家惊喜不已。同事们不住地夸奖李涛想得真周到,还让媳妇半夜送来这么多好吃的,使大家精神振奋,好不痛快,疲惫也一扫而光。

张志勇老板笑容可掬地走向陈雪,说:"谢谢你啊!半夜还给我们送吃的,真是感动到大家了。有你这么好的后勤保障,李涛和我们大家一定能越干越好。对了,陈雪,你可学过财会?我们单位准备招会计呢。"

"谢谢张老板对我的信任,可我不是学会计的。"

虽然陈雪没有会计证,可她听张志勇这么一问,心里痒痒的,心想只要能和李涛在一起,她干什么都愿意。因此,她悄悄地报名上了夜校,开始学会计。起初,她认为学会计不说像吃豆腐一样容易,也不会太难吧。自己是堂堂高中生,不会连会计也学不会的。可是,她没有想到学会计还真不是一件容易的事情,陈雪上了半个月课下来,感觉是在听天书,糊里糊涂的。这时她真的很后悔上学时没有把心思用在正道上。"书到用时方恨少",这句话说得太对了。

这天下课,她大着胆子去问老师:"老师,不好意思,我基础太差,基本上听不懂。"

"你看,那边那个六十岁老头都能听懂,你年纪轻轻还听不懂?不能认真学吗?"老师毫不客气地冲她说。

陈雪很是羞愧,暗暗下了决心,要从最基础的学起,哪怕多学两年也要搞懂财务知识。她把自己的想法告诉了老师,不仅得到了老师的赞同,老师还送给她几本讲财会基础知识的书。

这次李涛又加班几天没有回家了,陈雪照常来给他送菜。她来到了车间却没有看到李涛,办公室也没人,她问值班的门卫:"大爷,请问厂里怎么没人啊?"

"后面的仓库失火了,他们都去了。你看,在最后面那个冒烟的地方。"陈雪一看,急忙将手里的饭菜交给门卫,就朝着冒烟的地方跑去。当她气喘吁吁地来到失火地点时,火势已越来越大,人们都在慌慌张张地来回穿梭,手忙脚乱地提水灭火。可这点水明显是杯水车薪,根本抑制不了越来越大的火势。陈雪听到李涛在大喊:"消防车快到了吗?"

"李涛,你要注意安全啊!"陈雪也在喊着,可李涛根本听不见。大家都在惊慌失措地运水和搬东西,场面嘈杂混乱,消防车还没有赶到。陈雪看不见李涛,她心里感到不安,急忙进仓库去找李涛,并大声地喊着李涛的名字。可仓库里人来人往又烟雾缭绕,她看不清李涛在哪里,却在门口看到一个十多岁的小男孩,正要往浓烟滚滚的仓库里冲。陈雪一把将他拉住:"你不能进去,危险!"

小男孩恼怒地瞪了她一眼,胳膊一挣,又往里跑,却又被陈雪一把拽住。小男孩大声地对她叫嚷着:"我爷爷病危了,我妈妈叫我赶快来通知爸爸去医院!"

"我去给你通知！你爸爸叫什么名字？"

可小男孩又使劲地甩开了陈雪的手，并大声地哭喊着："爸爸！爸爸！"他边喊边往里冲。陈雪紧追其后，就在这时，小男孩身边的货架倾斜，眼看就要倒塌，陈雪急忙跑过去扶住货架护住了小男孩，却被货架上掉落的零部件砸中了头部，她当场就昏倒在地上。

小男孩急忙跑到他爸爸那里呼叫起来："爸爸！快去救命啊！"李涛和张志勇一听说救命，大吃一惊，见是东东和陈雪。东东又说："爸爸，这位阿姨是为了护着我才给砸到的！"

"东东，你怎么能来这里？真是瞎胡闹！你看不到这里有多危险吗？"这时消防车和救护车同时赶到，陈雪被送到了医院。陈雪被砸成轻微脑震荡，头发也不知什么时候给烧掉了一块。

医院里，李涛愁眉不展，觉得陈雪不该来添乱，还把她自己伤成这样。可李妈在一旁流着眼泪说："这孩子太实心眼了，就想让你吃得好，听说她还是为了救一个孩子才受伤的，你不能责怪她。你去问问医生到底可要紧啊！"

听了李妈的吩咐，李涛向医生办公室走去。刚推开办公室的门，李涛就看到一个满身酒气的男子抓住医生不放，并叫嚷着："我今天叫你和我爷爷一起去死！你为什么不救活我爷爷？"

"你爷爷是摔伤导致急性脑溢血，是致命的，谁都没有办法。你怎么不讲理啊!"

"我还跟你讲理?是你没有用心救!我叫你偿命!"说着那人就举起了匕首。

李涛见状,急忙上前握住了那人的手臂。可那个男子年轻气盛,一脚踹飞了医生,挣脱了李涛的手,又朝医生扑过去。医生在躲闪中被捅伤了背部。李涛急忙上前阻拦,被那人用刀划伤了胳膊,顿时鲜血直流。在李涛和这个男子打斗时,医生抽身跑出了室外大声呼救,紧接着几个保安赶来将男子按倒在地。李涛和医生同时被送到了抢救室,虽然都没有生命危险,但都流血过多,需要输血。李涛比医生伤得要轻些,他坚持不输血,还对护士说多喝点红糖水就补回来了,医生只好给他输了氨基酸来补养。

原来这个男子得过神经症,由于爷爷的去世而发病来医院闹事。幸亏李涛来办公室找医生时看到了这一幕,并挺身而出,才避免了更严重的后果。

第二天报纸上就刊登了李涛见义勇为的事迹和李涛的照片。记者们赶到了医院来采访李涛:"听说你未婚妻也是因见义勇为而受伤住在这家医院,你们俩都是我们这座城市的英雄,是我们要大力宣传的楷模啊!你未婚妻还在昏迷之中,我们没办法采访,请问你已求婚了吗?如果还没有,你打算用什么方式求婚呢?你和你未婚妻是自由恋爱吗?"李涛如梦初醒,才想起了陈雪还在昏迷之中,心里感觉一阵愧疚,急忙将未吊完的水拔掉,起身来到陈雪的病房。

给陈雪治疗的医生看到李妈在流泪,对她说:"您女儿伤得不重,她会醒过来的,现在可能是太疲惫了,您不用担心。"

听了此话,李妈破涕为笑:"医生,谢谢你!不过她不是我女儿,是我儿媳妇。"

"是吗?婆婆对儿媳妇这么有感情,还真是少见。您真是好样的!"

"你不知道她对我有多好!这些年她对我的照顾无微不至。"

"你们俩的关系太好了!"

这时医院的院长带着几个管理人员来到了陈雪的病房,不仅给李涛带来了锦旗和营养品,还告诉李妈,她的两个孩子的医药费全免。

李妈看到儿子见义勇为,身体没有大碍,还受到了表彰,医生说陈雪也没有多大问题,她高兴地对儿子说:"你先在这儿看着,我回去下鸡丝面给你们俩补补,这也是陈雪最爱吃的。我烧好带来,等她醒来正好给她吃!"

陈雪还在昏睡中,李涛走到她跟前,看到她的一些头发被烧焦,就找来剪刀帮她修剪。看她睡得这么香甜,他觉得她也确实太累了。自己在监狱里待了七年,这期间都是她任劳任怨地帮助母亲,还坚持每天陪伴着母亲,再有什么恩怨也应该一笔勾销了。李涛感到心里有愧,用心地帮她修剪着头发。陈雪慢慢地睁开了眼,看到李涛时,她不觉发愣:"李涛,你怎么会在我身边?这可是幻觉?"

"不是幻觉。你辛苦了,谢谢你!"李涛微笑地对她说。

"李涛,你原谅我了吗?我准备用一生来赎罪。"

"当一个人想赎罪时,心灵就开始纯洁起来,就会沿着正确的道路前进。我也在赎罪。"

"你说的话很有哲理。"

"在监狱里夏明对我说过很多有哲理的话,让我受益匪浅。"第一次看到李涛这样和颜悦色地和自己说话,陈雪的脸上满是欣慰的笑意,两颗豆大的泪珠缓缓地流了下来。

正在这时,厂长张志勇和他妻子带着儿子东东进来了:"东东,快来谢谢陈雪阿姨。要不是陈雪阿姨及时救你,你现在还不知伤成什么样子!"

"就是啊!陈雪妹子,多亏你啦!当时志勇他父亲在医院,医生叫家人在病危通知书上签字,吓得我六神无主,急忙叫儿子到厂里去通知他爸爸,哪知道遇到这样危险的事情。真是太感谢你啦!李涛真有福气,找了这样一位漂亮又贤惠的媳妇!"

"老爷子现在怎么样?"李涛急忙问。

"现在还好,危险期过去了。"张厂长的妻子答道。

"李涛,你休息几天,在家陪陪陈雪。对了,赶快准备婚礼啊,我们都要来喝喜酒!还有一个好消息告诉你,夏明要回来了!到时我们俩一起去接他。"

"真的吗？太好了！这小子也不告诉我一声。"

"当然要先告诉我这个舅太爷咯！他写的一篇文章《墙外和监狱的一步之遥》刊登了，内容是以切身的经历告诫人们怎样防止触犯法律。这篇文章得到了司法大奖，立功了，提前释放！回来我要好好奖赏他，要不是夏明，我也找不到像你这样优秀的技术能手，这么好的合作伙伴。你的贤内助还救了我的儿子，真是天意啊！"阵阵笑声从医院的病房中传了出来。李妈赶来时看到了这样的情景，高兴得合不拢嘴。

爱一个人,就得先崇拜他。

——[印度]泰戈尔《家庭与世界》

第十五章　志同路　情缘萌生

圣慧结合平时的工作范围,精心地将青少年感兴趣的课题编成歌谣,内容朗朗上口,形式生动活泼、通俗易懂,然后让他们先阅读,后掌握,潜移默化地引导青少年将遵纪守法放在首位。

教室里圣慧正拿着自己编制的教材认真地给少年犯们进行普法宣传,孙庆军悄悄地来到了教室门外。圣慧刚下课,走出教室就发现了守候在门外的他:"孙庆军,你什么时候来的?"

"我可是你忠实的粉丝哦!已经站在窗外听你上了一堂课了。"

"那多不好意思啊,在你这个大才子面前献丑啦!"

"哪里,你讲得可好了!你真有办法,还编成了歌谣,有趣、不枯燥,便于学生们掌握。圣慧,你何不将它们编成一本书,让广大的青少年学习呢?"

"嗨,我正有这个想法!"圣慧拍着孙庆军的肩膀说着。

"心有灵犀啊！圣慧,我再帮你补充点资料,要吗?"

"当然要啦！为了感谢你,我请客!"

"不能又请我吃一顿饭吧?"

"那你说要吃几顿?"

"吃饭好土啊,请我看场电影怎么样?"

"好,一言为定！不过,资料快点搞来噢。"

"没问题！圣慧,你听过这句话吗？当一个人开始制定目标时,如期而至的还有朝气蓬勃的活力和永远年轻化的心态。"

"我觉得任何时候,老和我们都沾不上边。哪怕我现在八十岁了也不会觉得自己老。就像摩西奶奶所说,只要干自己想干的事,哪怕是八十岁了,上帝也会为你打开成功之门。大才子,你的目标是什么？快说出来听听!"

"你怕我没有目标就老了？为了朝气蓬勃、活力四射,为了永远有个年轻化的心态,为了不被我们才女淘汰,我也不能没有目标啊!"

"什么宏伟目标？快说出来听听!"

"才女大人,你会知道的。不过,现在保密,等你自己去发现。"

"还保密啊！那是什么宏伟目标呢?"

"圣慧,我觉得时常要给自己一个有意义的任务,并一定要完成,那样会觉得生活得很有劲。"

"哈哈,我们的大才子就是不一样,对生活充满热情。"

"我是受你的影响,你不正在摩拳擦掌准备大干一番事业嘛!"

"你也在磨刀霍霍,我还需要你的'推波助澜'呢!"

"你说得好像我在煽风点火。"

"幸好你不是兴风作浪。"

"兴风作浪倒不会,不过你的勉励,会让我蹈厉奋发、勇往直前。"

"干劲十足是你的代名词,对吧,才子大人?"

"哈哈,那信心百倍是你的座右铭,我说对了吧?噢,圣慧,快到你的生日了,我写了篇小文,请我们的才女指正,祝你生日快乐!"孙庆军说着拿出了一封信递给圣慧。

夜晚,圣慧将孙庆军给自己的信打开,默默地读了起来:

邂逅

邂逅是生命中的一场美丽,它犹如灿烂的晚霞撞碎了一池春水而闪闪发光,似生命中的青苔透着宁静和传奇。

邂逅如秋天的海棠粉嫩依旧、艳丽喜人,像寒风中的一缕阳光温暖如春。

邂逅如幽幽的云,唱出分离的相思,写出诗意的牵挂;似潺潺的水,流出些许青涩的回忆。

邂逅是共同的爱好,惊醒了一弯新月,照亮了绚丽的友情;如雨打芭蕉的美音,和着风吹梧桐的浪漫,谱写一曲情意的坚定。

祝你生日快乐！

日月献给水草

圣慧不禁笑了起来,情不自禁地赞叹着:"哇,不愧是大才子,给人耳目一新的感觉。"

其实,在学校时,孙庆军就欣赏圣慧,有教养,言谈举止得体,学习认真,思想正派,是个很优秀的女孩子。毕业后经过这些日子的接触,孙庆军对圣慧越发有好感。可他怕被圣慧拒绝,因此不敢直截了当地表白。

圣慧的父母也给她介绍了几个不错的对象,可她就是不愿去见面。她觉得还没有这个打算,只是一心扑在工作上。

这天她刚下班,孙庆军就在对面喊她:"哎,圣慧,看我给你带了什么来。"

圣慧走近一看:"哇！孙庆军,这么多书呀！你还真有工夫呢！"

"当然啦！为了我们才女的作品,我倾其所有,赴汤蹈火在所不辞！"孙庆军故意夸张地说着豪言壮语。

"哈哈,真是不好意思,让你费心了。买这么多书,一定要不少钱,我给你！"圣慧笑意盈盈。书籍,可是她的最爱。

"不要谈钱,俗！我们可以一起学习,你看看可符合你的标准。"

圣慧打开资料袋,《中华人民共和国宪法》《中华人民共和

第十五章　志同路　情缘萌生

国未成年人保护法》《中华人民共和国预防未成年人犯罪法》《中华人民共和国治安管理处罚法》《中华人民共和国禁毒法》《中华人民共和国消防法》《中华人民共和国环境保护法》……圣慧看着这些书,兴奋地说:"才子大人,你想把我培养成大律师啊!"

"这里面有些法律知识以前我们学过,有些没有学过,重温一下,再结合才修订的新的宪法加以学习掌握,这样能更好地全面发挥!"孙庆军解释道。

"谢谢大才子的指导!多少费用照付,我感觉谈钱不俗。亲兄弟明算账嘛!走,我们去吃饭。"

"不是说请我看电影吗?"

"看电影?我说过吗?那也要先吃饭啊!"

"那这样,你请我看电影,我请你吃饭。"

"不行,看电影和吃饭,我都要请你!谢谢你这么辛苦帮我买书。"圣慧坚定地说。

"那一场电影可不行哦。"孙庆军又故意逗圣慧。

"那要看几场?"圣慧单纯地问道。

孙庆军看到圣慧认真的模样,忍不住笑了:"这样吧,今天的电影看过后我就不打扰你了,等你的作品出版后,要经常请我看电影噢!"

"没问题,小菜一碟!"圣慧豪爽地答应了。

"可不许反悔噢!拉个钩吧。"孙庆军伸出手来开玩笑地说。

"真是小家子气,不就是看电影嘛,还怕我耍赖啊?"

"可不就是怕你耍赖嘛,所以要拉钩,好让你记住咯!"

圣慧愉快地和孙庆军拉了钩。

此后,孙庆军只要看到对圣慧写作或工作有帮助的书,就急忙送来给她,乐此不疲。共同的志趣让他们越走越近。

圣慧只要一看书就会着迷,她认为拥有书籍就拥有了无穷的力量。"读书破万卷,下笔如有神。"杜甫的话正中下怀。只要她静下心来写作,就会感到文思泉涌。

她开始专心创作,大量的资料摆在办公桌上,经常一下班就开始查阅资料奋笔疾书。

这天,孙庆军下班过来看她,还给她带来了晚饭。他看到圣慧专心写作的样子,不忍打扰,只是轻手轻脚地将东西放在沙发上,并在旁边用赞赏的目光默默地看着圣慧。

"谢谢你,大才子,我已闻到香味了!"圣慧的话将正在入迷欣赏她的孙庆军吓了一跳。

"真不好意思,我正准备走,怕打扰到我们的大作家。我要响应领导的号召:'要创造一种环境,使拔尖人才能够脱颖而出。'不过呢,你也不能忘记吃饭。"

"你既然怕打扰我,又送来这么香的饭菜,是要试探我的毅力?"

"我知道你经得住诱惑。圣慧,我可真佩服你,这么有决心坚持做好一件事。"

"你过奖了,我也没那么好,不会做家务,都是我妈给包办啦。"

"到时候就会了,现在你是没有时间嘛。"

"大才子,你还真会安慰人啊,也学会甜言蜜语啦。"

"我是甜言蜜语加实事求是——真实又甜蜜!"

"我也佩服你呀,才华横溢,虚怀若谷,务实能干。"

"这话也是真实加甜蜜?"

"真实是真实,甜蜜,有吗?"

"这么夸奖我,何止是甜蜜?简直是幸福!"

"你也太容易满足了吧,这就感觉幸福了?"

"有人夸奖,还不幸福?再说了,不是一般人的夸奖,而是我们大才女的夸奖,让人倍感荣幸啊!"

"那我以后天天夸奖你,你不会幸福得忘乎所以?"

"你要真天天夸我,那我还得谦虚谨慎了。我要想想,你是在夸我呢,还是在损我呢。"

"你要多长个心眼,当心受骗上当哦。"

"我们是干什么职业的?受骗上当,那要看什么人。自己人吗?愿意。全当是体验生活。"

"是打入内部的间谍?"

"间谍,多难听啊,不如说是地下党。你看我多堂堂正正啊。"

"是啊,你是堂堂正正的优秀共产党员!"

"谢谢夸奖!这句话是真实加甜蜜?"

"是——真实加真实。"

"我真是服了你了,是真实的。哈哈。"两人都为幽默的话而开怀大笑。

"对了,我打算考研,我觉得我要不断学习,免得被淘汰。"圣慧说。

"好啊,圣慧,我也准备上研究生呢!你打算上哪所学校?"

"我咨询了一下,准备报考省委党校法律系,这个能周末上课,不耽误工作,还能结合我们的专业。"

"那好啊!这也正是我的想法。圣慧,你去报名时别忘了通知我一声,我们一起去!"

"看来我们又要成为同学啦!就这么定了,我们一起上省委党校研究生!"

"不知道可能考上呢!要赶快抽时间学习哦。"

"法律系有部分是我们的专业对口内容,再去搜集一些相关资料看看,应该没问题。"

"我们俩都去搜集资料,然后互相换着看,这样内容会全面一些。"

"好主意!圣慧,还是你想得周到。我们互相督促复习,一定能考上!"

第十五章 志同路 情缘萌生 | 177

第二年,孙庆军和圣慧一起走进了省委党校,专学法律。法律专业的学生都是在职工作人员,只有周末来学校上课。清晨走上校园的林荫小道,一排排翠绿欲滴的大树上众鸟在欢唱着,似在迎接圣慧他们。温馨的校园景色迷人,朝气蓬勃的同学们成群结队、欢歌笑语地结伴而行,使人们一踏进校园就感到精神振奋。圣慧走进教室,在自己的笔记本上写下了这段话:

一日吉晨,积时融境;
一树莺雀,积声振林;
一室学子,积铢累寸;
一校良师,积厚流广。

孙庆军和圣慧又成了同学,而且是同桌。圣慧心无旁骛,仍然像个认真听课的中学生。

他们在这样庄严的课堂里更加地懂得了学习宪法和给人民大众普法的责任及重大意义。有些人只知道法律的威严,但又不愿意去学习法律,直到触犯了法律才后悔莫及。

老师对他们谈论文化的重要性,提到了三个非常有影响力的人所说的话。一是在抗日战争时期,日军司令盐泽幸一在疯狂的侵华战争中刻意摧毁中国文化,他十分露骨地说:"炸毁闸北几条街,一年半就可恢复,只有把商务印书馆、东方图书馆这几个中国最重要的文化机关焚毁了,则永远不能恢复。"二是丘吉尔曾说:"我宁愿失去一个印度,也不愿失去一个莎士比亚。"三是著名哲学家卡尔·波普尔说的:"假如世界被毁掉了,只要图书馆没被毁掉,我们就可以把世界重建起来。"

因此,圣慧和孙庆军更加珍惜学习的机会。一次在放学的路上,孙庆军问圣慧:"你知道我现在感到最幸福的事情是什么吗?"

"是又能走进课堂?"

"你答对了一半,但不是全部。因为进了课堂,和你成了同学,而且又在同一个专业深造,以后我们就可以互相指导了!"孙庆军美滋滋地说着。

一个周末,孙庆军单位有事不能来上课。圣慧早早就来到了学校。她特地提前一小时到校,想好好观赏一下校园里的景色。这里的一花一鸟、一草一木都非常吸引她。特别是这里的图书馆很有特色,一块巨大的半圆形的石头上雕刻着"图书馆"三个大字,坐落在图书馆大楼前,煞是大气。校园里的树木郁郁葱葱、高大挺拔,整齐地长在小道的两旁。两排树那茂密的树叶已经交织在一起,完全遮住了天空,似一幅美丽的风景画,幽静典雅。在大树下,每二十米就立着一个长方形的大红色标牌,上面各写着五个非常醒目的金色大字:"铁一般信念""铁一般纪律""铁一般执行"等等。在这样的环境中,自然而然就觉得自己身负光荣而又神圣的使命,让人更加拥护中国共产党的英明决策,更加明白学习的重要性,更加坚定信心,即必须努力成为国家的栋梁,为祖国的繁荣昌盛添砖加瓦、尽责尽力,这样才不枉为一名优秀的中国公民。此时圣慧好像被包围在党的温暖怀抱里,吸取着知识给予的无穷的力量。

下午突然下起了大雨,放学时仍然没停。圣慧只好在图书馆的走廊上躲雨。见雨下个不停,圣慧走进图书馆,在书架前悠闲地挑选着书。

忽然从身后伸来一把红色的花伞,她回头一看:"孙庆军,你怎么来啦?"

"开会结束了,我看还在下雨,因为上午是晴天,知道你一定没有带雨伞。"

"你还真细心啊!自己不能来上课,还特地来送伞,好感动啊!"圣慧心里突然升起了一种温暖的感觉,脸上不由得泛起了羞涩的红光。

"这点小事就让你感动啦,你还真容易满足啊!"

"那你还想制造惊天动地的大事啊!噢,对了,今天老师讲了很多重要的内容,你把我的笔记本带回去看看吧。"

"好嘞!有我们的才女在,再重要的内容也不怕搞不懂。"

夜幕降临,他们双双打着雨伞,漫步在学校的林荫小道上。突然间两人都没有再说话,只是慢慢地走着,心里却充满温馨,爱已在彼此的心里萌芽。

"幸福是兴趣和职业一致、爱情和婚姻一致。"这两个有志青年已感受到了哲人所说的上半句。

读书向称为雅事乐事。

——林语堂《论读书》

第十六章　创作路　引导学生

圣慧拿起了电话,电话那头传来孙庆军的声音:"圣慧,明天休息,我请你吃饭,有时间吧?"

"吃饭?我请你!不过你要先陪我去看看马鸣和侯一辉。好久没有和他们联系了,我想去送几本书给他们,可以吗?"

"小菜一碟!明天陪你去。"孙庆军爽快地答应。放下电话后,圣慧心里感到一阵轻松愉快。

第二天一大早,孙庆军就来找圣慧,两人边走边聊。

"我们的才女最近在看啥书?"

"有关法律和青少年心理学的书。"

"我看你的劲头,给青少年创作的那本书大概进展顺利。你真是了不起,还抽时间去引导社会青年,值得我学习。"

"你也很了不起啊,不是一直在监督我,现在还陪我一起去关爱社会青年吗?"

"我哪敢监督？我那叫关爱！"

"关爱我这个社会青年？"

"哈哈,关爱也有很多种嘛,比如友情、爱情。当然,你想把这两个孩子扶正,这是至高无上的关爱！"

"这两个孩子比较可怜,缺少父母的管教和温暖,他们的眼神里有迷茫也有渴望。他们品德并不坏,是可塑之才——到了！马鸣家就住在这个巷子里,侯一辉家离这里也不远,听说这里要拆迁了。"

圣慧敲了敲门,一位中年妇女开了门：

"你是圣警官吗？是来找小马鸣的吧？"

"对！大姐,马鸣在家吗？"

"你来得正好！我们这里就要拆迁了,马鸣被他的姑姑接到苏州去上学了。临走时,他给了我一封信,叫我交给你。"

这有点出乎圣慧的意料。她急忙打开信："圣姐姐：你好！我们这里要拆迁了,我姑妈带我去苏州上学了。我带上了你给我的书和你给我们写的读书歌谣,这些可以时刻提醒我要好好学习。圣姐姐,感谢你对我的照顾和教育！我一辈子也不会忘记你给我的鼓励和帮助,这使我感到我并不孤独,有人在背后关心我、爱护我,给我勇气去做有为青年。我一定按照你的嘱咐,努力考上大学。等我回来一定去看你。谢谢你！再见！马鸣。5月6日。"

看着这封信,圣慧不由得鼻子酸酸的,眼泪在眼眶里打转。

孙庆军接过信,看完后大声说:"嗨!圣慧,他有着落了,你应该为他高兴才是,怎么还泪水盈盈的,像个小女生?"

"我是为他高兴,只是后悔没有早一点来给马鸣送行。"

"来,把眼泪擦擦。我们赶快去看看侯一辉吧。别找不到他,你又要难过了!"孙庆军给圣慧递来一块手帕。

"对,找侯一辉!快走!"圣慧兴奋起来,不由自主地拉着孙庆军的手小跑起来。孙庆军有些意外,看看自己的手被圣慧白白净净的手拉着,感到非常温暖,却只敢在心里对圣慧说:"我也需要你的关爱。"

"侯一辉,你在家啊!太好了!"圣慧在大门口就看到了侯一辉,高兴地大声呼喊并向他招手。

孙庆军的手被放开了,他小声嘀咕:"怎么不迟一会儿出现呢?让她多拉一会儿我的手啊!还没有焐热就放开了。"

圣慧开心地对侯一辉说:"看,我给你和马鸣带书来了!"

"谢谢圣姐姐!可马鸣已经走了。这里要拆迁,我也要搬家了,我母亲要回来接我到她打工的城市去上学。"

"那好啊!在母亲身边更安全,恭喜你能和妈妈在一起了。马鸣还给我写了一封信,说要好好学习,准备为考大学打好基础。相信你也不会示弱,崇拜岳飞的勇敢少年!"

"知道了,圣姐姐,我会按照你的要求好好学习的。"

"我相信你!你看,这两本书很适合你,你抽空看看。理论家柯灵在《书的抒情》里写道:'书是我的良友,它给我一把金钥匙,诱导我打开浅短的视界、愚昧的头脑、闭塞的心灵。'这些话引起了我的共鸣。"

"你圣姐姐就是把读书当成乐趣,书籍总是能吸引她。因此,她拿起笔就会妙笔生花。侯一辉,你可要向你圣姐姐学习,拒绝一切干扰,认真读书。特别要遵纪守法,不辜负你圣姐姐对你的期望!"

"知道了,我会这样做的。谢谢您和圣姐姐对我的帮助!"

因为上大学时学的大都是刑侦、治安等知识,在工作之初,为了全面发展,加强文学基础,圣慧就想利用业余时间请个中文系的家教帮助自己提高写作水平,这对提高工作能力也有帮助。于是在朋友的介绍下,她认识了一位知名的大学教授兼教研室主任。这样一位职务繁忙的人,自然是没有时间的,且圣慧也不想请这么个大名鼎鼎的人,一是觉得没有必要,二是不能耽误人家时间而误人"师长"。

于是这位知名人士就给圣慧推荐了一位正在上研究生二年级的学生,并对圣慧说:"他虽然是研究生,但他已超过博士生的水平,是我的得意门生。"听了此话,圣慧心中暗喜,心想和一个学生交流没有太大压力。

那个研究生在电话里直截了当地说:"先不谈费用,我没有时间到您家去,您可以每个星期五晚上到学校来上三个小时的课。"就这样,圣慧走进了另一所高校的大门。每次,圣慧都将自己写好的作品打印出来给他看,他则认真地用红笔和蓝笔在上面批注,蓝笔自然是比较满意的,但是更多的是用红笔画出的问题。不过,即便这样,这位研究生还是对圣慧大加鼓励。他还说:"创作犹如盖房子,外观建好了,内装更要完善,直至完美、称心如意。因为你肯定不想盖一座普通的房子,而是要建一栋经久不衰的公馆。"这位小老师的话,圣慧铭记在心,这也使她这个对文字痴心不改的人又看到了更大的希望。

一年来,经历了春夏秋冬的每一个星期五晚上,圣慧从未放弃过去听他的课。由于她家离学校太远,圣慧每次都是坐公交车去学校,来回就需要两个小时。圣慧却很享受这段路途,每次在去的路上,她总是挑选最后排的座位,她想这样看资料就不会打扰到其他人。她总是会在去的路途中再简单地检查一遍自己写的作品,心里多少有点忐忑,怕写得不好,会让这位比自己年龄小的高才生笑话。但是每次在回来的路途中她会有一些轻松愉快的感觉,因为这位小老师从来没有表现出丝毫轻蔑,而是不厌其烦地给她讲解。

在年龄上,他可能就只有二十岁,但在学问上,圣慧感觉他说话面面俱到,让人心服口服。圣慧自叹不如,不禁暗暗感佩。直到他开始备战考博,圣慧才不好意思去上课了。不久,在意料之中,他考上了北京的一所名校。圣慧在为他高兴的同时,又不由得有些失落,因为她再也不能去他那里上课了。现在圣慧准备创作一部书了,忍不住将几篇作品寄到了北京,怀着忐忑和期待的心情等待着小老师的回音。忽然某一天,她接到了回信。圣慧迫不及待地打开信,一字一句认真地读了起来:"我一连读了好几遍,整个读下来,觉得您的水平有明显进步。这是一部对广大的青少年非常有引导意义的作品,希望您继续坚持写。

"一个人的功绩、名声或许会随着时间湮没,但是文字、作品会永远流传。当人们看到一个人的作品时,就能看到这个人,这是不朽的!"

圣慧读着小老师的回信,备受鼓舞,决心继续努力创作,不辜负小老师的期望。

圣慧正欣喜地沉浸在小老师的回信中,忽然听到门外传来一阵熟悉的笑声,那不是阿丽和王强吗?她急忙将门打开。只见蔡永丽满脸喜悦,神采飞扬:"嗨!慧慧,来给你报喜了:我们订婚啦!我和王强都调回省城工作啦!"

"恭喜恭喜!双喜临门啊!太好了!"圣慧连声祝贺。

三人久别重逢,都十分欢喜,叙述着分别以来所发生的事。

不久,蔡永丽又兴致勃勃地来找圣慧:"慧慧,我们单位要搞庆祝国庆的活动,拜托你帮我写一篇歌词好吗?"

"蔡老师,看来你是非常积极地响应毛主席的号召'推陈出新'啊!"圣慧爽快地答应了她的请求。

隔天,她就带着自己创作好的作品找到了蔡永丽。蔡永丽迫不及待地读了起来:

祖国万岁　中国美丽

九百六十万平方公里,

模样俊俏,中国美丽。

一鸣惊天下,领袖最给力!

广阔天地任我行,幸福一年胜一年。

有勇有谋有智慧,科学发展永继续,为国为民为社会。

党的恩情,山高海深,

人民欢天喜地,继续前进。

祖国万岁! 中国美丽!

九百六十万平方公里,

模样俊俏,中国美丽。

人民团结紧,听党的指挥。

保家卫国我能行,植树造林不停歇,保护环境为人类。

山山水水美如画,绿水青山如歌美。

党的恩情,山高海深,

人民欢天喜地,继续前进。

祖国万岁! 中国美丽!

　　蔡永丽非常满意圣慧新写的这篇歌词,高兴得嘴巴像吃了蜜糖一样不住地夸奖她:"写得太好了! 慧慧,谢谢你啦! 这样,我们去寻找小时候的心情,看一场电影吧,抓住青春的尾巴回味回味童年,怎么样?"

"怎么能是青春的尾巴呢?是青春刚刚开始!"

"对!青春永驻,童心未泯!慧慧,想到过去我们四个人经常一起看电影,多有趣啊!"

蔡永丽和圣慧又像小时候那样兴致勃勃地走向了电影院,回忆着她们从前一起度过的那些美好的时光,津津有味地探讨着未来的人生。

电影结束时已到了晚上九点多钟,路上行人稀少。圣慧骑着自行车行驶在回家的路上。突然一个中年男人骑车超过了她,冲着路边一位十五六岁独自走着的小姑娘大声地喊着:"小王!"圣慧清晰地听到小姑娘说:"您认错人了,我不是小王!"可那个男人还是从自行车上下来了,并向小姑娘靠近。这么晚,路上行人稀少,圣慧感觉这人一定有问题!于是她也慢慢地从自行车上下来,悄悄地跟在后面。然后她听到那男人对小姑娘说,小王请他帮忙找工作,他已经帮小王找好工作了,等等,并紧跟着小姑娘。小姑娘一言不发,害怕地快速走着。圣慧警觉地打量着这个中年男人,看他穿着讲究、油头粉面的模样,猜测他可能是个不务正业、想出来骗年轻女孩的色狼。果然,那人一直在花言巧语地跟小姑娘说这说那,没有离开的意思。圣慧又听到那人说:"小姑娘,你可要我帮你找工作啊?"

"什么工作?"小姑娘问了一句。

这个男人看她有兴趣了,立马与小姑娘凑得更近了。看他已经露出了狐狸尾巴,圣慧闷闷地在心里窝火,心想:"你自己不知道可有工作,还帮别人介绍工作?你就吹吧!"她不动声色地跟在两人的后面并保持距离,担心这个小姑娘受骗,同时想着对策。发现前面一转弯就到派出所了,圣慧急忙骑上自行车快速地来到了派出所。那人由于太"专心",没有发现圣慧,还在紧跟着这个姑娘,寸步不离。突然圣慧和两个派出所民警出现在这个男人和小姑娘的面前,男人顿时惊慌失措,立即骑上自行车就想跑,这一举动正说明他做贼心虚。两位民警大步向前,将他抓到派出所审讯。果然他有犯罪前科,因耍流氓被单位开除了。这次他又"旧病"复发,想来做伤天害理的事。

宋代哲学家张君房曾经提醒过人们:"罪莫大于淫,祸莫大于贪。"这个男人正是由于这样不检点,将自己本该有的好日子毁了。这位涉世未深的小姑娘差点就遭遇不测,幸亏圣慧多长了个心眼。随后民警和圣慧一起将小姑娘送回了家。原来这小姑娘因没有考上高中而情绪低落,一个人刚从同学家里出来就遇到了这个男人,当时听说他能帮她找到工作时,小姑娘还真有点动心了。她哪里知道这是陷阱?民警告诉她的家人,是圣慧火眼金睛、细心缜密,才救了她,并一再提醒她晚上最好不要一个人单独出门,以免被坏人盯上。

圣慧则鼓励她不要灰心,并把自己高考落榜后没有放弃,而是将落榜的沮丧快速转变成奋斗动力的经过简单地叙述了一下。小姑娘非常诧异地看着圣慧:"真的吗?你也经历过落榜?

不可想象你现在居然这么优秀！"小姑娘听了圣慧的话如醍醐灌顶，她立刻向圣慧表决心，要重整旗鼓努力复习，以最好的状态迎接下一次中考。这时她越想越感到后怕，不应该夜晚一个人在外面转悠。今天晚上要不是遇到这位姐姐，后果不堪设想。

小姑娘的父母更是千恩万谢，跟在圣慧和民警的后面送出很远，依依不舍地看着这些正义的人民警察的背影慢慢地消失在茫茫的黑夜中。

精诚所加,金石为开。

——《后汉书·广陵思王荆传》

第十七章　孝顺路　幸福无穷

这天,圣慧正在给少年犯们上课,忽然同事小陈在教室外向她招手。圣慧走出教室,小陈小声地对她说:"你妈妈打来电话,说你父亲摔倒了,在一〇五医院,你赶快去吧!"圣慧听到此消息,立刻紧张起来,安排好学生后就立即向医院奔去。刚走出少管所大门,正好遇见孙庆军来找她,见状忙问:"圣慧,你这么慌里慌张的,出什么事了吗?"

"我爸爸摔倒了,在医院!"

"啊？那我陪你一起去,或许能帮上忙!"

此时圣慧也顾不得别的,就答应了他。来到医院,母亲哭着迎了上来:"你爸爸是很严重的脑梗死。"

"妈,不要紧张,有医生呢,会有办法的!"圣慧安慰着母亲。但她自己也心急如焚,急忙和孙庆军来到医生办公室打听父亲的情况。

"你父亲是大片脑梗死,其中有一块堵的位置很不好,会影响生命,需要尽快手术。"

听了医生的话,圣慧更加焦急。孙庆军急忙安慰她:"不要着急,我正好可以请公休假,来帮你一起照顾你爸,他会好起来的!"

圣慧含着眼泪,说声谢谢。现在是特殊时期,正需要人手,她无法拒绝孙庆军的及时相助,心里既内疚又感激。

手术很顺利。早晨天刚蒙蒙亮,圣慧就提着稀饭来到了医院,看着趴在父亲床边睡着的孙庆军,圣慧感动不已。她轻手轻脚、小心翼翼地放下东西,怕惊醒他们。

"圣慧,这么早你就来了?昨晚老爷子休息得很好,医生说状况不错!"孙庆军已经醒了。

圣慧小声地对他说:"你的警觉度可真高啊!看似睡着了,却知道所有的动静,不愧是人民警察。辛苦你了!你怎么不睡到床上呢?"

"没关系,我在他床边才能及时知道他的情况。"

这时老爷子也醒了,他微笑着看着女儿,又用手指指孙庆军的头,然后竖起了大拇指。圣慧急忙说:"爸,还早,您再睡一会儿。"

接着她又悄悄地对孙庆军说:"我妈在家等你,给你做了些吃的,叫你一定要去。"

"是!遵命!"孙庆军调皮地给圣慧敬了个军礼。

圣慧将孙庆军送出了医院的大门口。早晨五点钟,晨光柔和,空气清新,路边的小草个个顶着晶莹透亮的小露珠,可爱极了。各色小野花也随着微风摇头晃脑着,好像在和他们打招呼呢。医院的两旁,茂密的树枝上一群早起的小鸟在叽叽喳喳地唱着美妙动听的无名歌,万物都伴随着鸟儿的歌声生机勃勃地成长着。大自然赐予世间如此美好的景象,真是赏心悦目。又是新的一天、新的开始、新的希望。

圣慧从背后看着孙庆军宽厚的肩膀、威武的身材、矫健的步伐,她正用欣赏的目光打量着他时,孙庆军突然回过头来对圣慧一笑,圣慧急忙移开目光,怕他看出自己的心思。她调整好情绪,若无其事地对他说:"我妈在家等你,你吃过饭就在我家睡一觉!"

"遵命。"孙庆军同时做了一个威武帅气的手势。

"我发现你的姿势真有点像神探亨特,但比他年轻!"

"别说,你也真有些像迪迪·麦考尔,但比她美丽!"两人都开心地笑了起来。

目送着孙庆军离去的背影,圣慧不禁感慨万分,心中对这位才子同学不仅仅有感激,还有崇拜、敬佩、欣赏,更有一种说不出的好感。

回到病房看着又睡着了的父亲,圣慧从挎包里拿出随身携带的纸笔,情不自禁地写出了一段话:

亲情,有时很不起眼,犹如路边的小草,可有可无。亲情,有时不可或缺,就像餐中的米,非你莫属。亲情,有时淡如一杯白开水,纯净而平淡。亲情,有时像一碗稀饭,越喝越香。亲情,有时又像一顿大餐,适时捧场。

无论如何,亲情,是恰到好处的担当,是毫不犹豫的帮助,是发自内心的祝福。每当你感到害怕时,亲人的一句话,可能就让你感到绝处逢生;每当你感到担忧时,亲人一拍胸脯,哪怕是善意的谎言,也许就让你看到了希望,奇迹也可能就这样随之发生。

亲人,是让你不由自主地产生动力的人;亲人,是不露声色指引你走向光明的人;亲人,是自然而然想帮你战胜困难的人;亲人,是理所当然想让自己的优秀给你带来幸福的人;亲人,是情不自禁为你的优秀感到无比骄傲的人。

其实,亲情也不仅仅在亲人之间,也在很多朋友、同学、同事、战友、邻里之间。这种感情,更加难能可贵。

孙庆军诚心实意地帮圣慧值夜班看护她父亲,虽然辛苦,心里却美滋滋的,因为这正是他可以帮圣慧减轻负担的时候,他想,用这种方式来表达对圣慧的爱是太恰当不过了。

圣慧母亲看到孙庆军来到了家里,忙得不亦乐乎。她看着孙庆军,如看着未来女婿,打心眼里喜欢。她又是夹菜,又是端汤:"孩子,多吃点补一补,吃过就在这里好好睡一觉,这几天多亏你啦,让你受累了!"

"不累!应该的,阿姨。"

"我们家还真有福气啊,遇到你这么个好小伙子!"

"不用客气,阿姨,您这样说我都不好意思了,能给叔叔帮忙,是我的荣幸。"

圣慧父亲出院了,母亲在家烧了一桌子好菜,邀请孙庆军来吃饭。

圣慧母亲高兴地招呼着:"庆军,快来坐呀!这些天,你是最辛苦的,每天在医院值夜班。慧慧她爸这次化险为夷,你功不可没!今天好好吃一顿,好好休息两天再去上班。"

圣慧父亲接着说:"嗯!好,好!"

圣慧看着孙庆军会心一笑:"爸,妈妈又不是在说您,您好什么好啊?"大家都笑了起来。

孙庆军走后,圣慧父亲高兴地说:"这次生病还因祸得福,带来了一位好女婿!"

"看把你美得,孩子们还没有表白呢!不过,慧慧啊,我看这个小伙子很不错,你也不小了,可不能错过啊!"圣慧母亲接过她父亲的话。

"啊,还没有表白?慧慧,这是怎么回事啊?怎么还没有……"父亲着急地问。

圣慧急忙回答:"爸,您好好保养身体,我的事您就放心吧!"圣慧觉得母亲不该在父亲面前插这种话,又让老爷子着急。不过她已默认了父母的话,她知道孙庆军是在用这种方式表白他对自己的爱。其实她对孙庆军也很欣赏,只是从来都没有往更深的关系去想。经过父亲生病这件事,圣慧已无法拒绝孙庆军闯入自己的生活中。

周末这天,圣慧来到了孙庆军的宿舍,看见孙庆军背对着她正在认真地洗着衣服。她悄悄地来到孙庆军的背后,拿出了电影票展示在他的眼前。

"电影票!圣慧,请我看电影啊?"孙庆军激动万分。

他急忙转过身来双手扶着圣慧的肩膀,深情地看着她:"太好了,我们又能去看电影了!"他突然意识到自己的举动有些鲁莽,又不好意思地放下了双手。

圣慧看着眼前腼腆的孙庆军,急忙解围:"我是为了感谢你,帮了我们家这么多忙。"

"请我看一次可不行噢!"

"那你要看几次啊?"

"要看———一辈子!"

圣慧听到孙庆军的话,立刻脸变得绯红。孙庆军走近圣慧,将她拥抱在怀里,在她的耳边轻轻地说:"我爱你,亲爱的!"

圣慧感到有一股巨大的暖流在全身流淌,她慢慢地用双手抚上孙庆军宽大的后背。两个相爱的人终于走到了一起,沉浸在无比的幸福之中。这是她迟来的爱,是在对的时间爱上了对的人。

夜晚,孙庆军将圣慧送到了她家的门口,临走时又拿出了一个信封对她说:"给你写的,请我们的才女指正。"

圣慧回到了自己的房间,打开被叠得整整齐齐的信纸,上面写着:

记忆

记忆是流淌在心底的河,河里游荡着甜蜜和青涩,像青春的初吻,惊艳了人生,温暖了终生;

记忆是你多年前手撑油纸伞的背影,徜徉在老北京古老的巷口卷起阵阵的相思,缱绻了无限的柔情;

记忆似永不忘却的故事,伴你成长,像春天的风让你的命运之花越开越旺;

记忆像夜空中的星河,总有颗属于你和我的秘密,秘密里有你的歌声,歌声里有我无限的牵挂。

圣慧从孙庆军写的这个《记忆》里搜索着自己和他曾经不经意间有过的接触:在北京上大学时,学校组织去北戴河,她在河边想采一朵漂亮的野花够不着时,他拉着她的手,帮她够着了;好像是在一个星期天,女同学们在故宫旁的一个很有特色的胡同里打着油纸伞,请几个男同学帮她们拍照,是他帮自己拍的吗?记得有一年夏天,学校从部队请来的教官夜里带他们在香山附近进行拉练,结束时他们看着一望无际的天空,满天的星星像眼睛那样一眨一眨的,好神奇啊!有几个女同学还在数到底有多少颗星星呢。难道那时他已关注自己了吗?

圣慧想着想着,不禁眉开眼笑。

孙庆军邀请圣慧一起去看望他的奶奶:"我从小是奶奶带大的,对奶奶有深厚的感情,每个月都要回去看她几次。"

"好样的!看不出我们的帅警官还是个细心的暖男啊。孝顺是美德,我们都应该这样做!"

孙庆军津津乐道奶奶和姐姐三岁的儿子:"姐姐的儿子离不开太太,每天都要找太太玩,他们住得近,是一对相隔八十岁的好玩伴。一个天真烂漫,一个童心未泯。在三岁的小朋友眼里,太太是完美的,根本不老、不烦、不厌;在八十多岁太太的眼里,小朋友古灵精怪,和他在一起无忧无虑、开心快乐。很多时候,两人在一起唱歌、玩积木、打牌。可也有翻脸的时候,小朋友说:'太太唱歌真难听!还说土话!'太太说:'他打牌每次小三子压我小二子,盘盘都是他当上游!'两个人争得脸红脖子粗,可是一转身这一老一小又不计前嫌、和好如初了。小朋友天真无邪,惹人喜欢;老太太返老还童,精神矍铄。我认为他们是世界上最让人羡慕的一对好玩伴。他们天然地相互欣赏、相互喜欢着。"孙庆军一路上美滋滋地介绍着自己的奶奶和她的曾孙子。

圣慧也侃侃而谈:"人们常说,家有一老,如有一宝!其实老年人阅人无数、经验丰富。唐代诗人刘禹锡赞美老年,说:'经事还谙事,阅人如阅川。细思皆幸矣,下此便翛然。莫道桑榆晚,为霞尚满天。'晚霞也是最美的时刻,它能将天边和大地照映得更加温柔美丽。也有形容老年人无可奈何的歌:'脚又麻,腿又酸,行动坐卧真艰难。年轻人,笑话咱,老来难,少年莫把老人嫌。莫要嫌,莫要嫌,人生不能常少年。'谁还没有老的时候?我们都应该以更宽容、更温和的态度去对待老年人。"

"圣慧,你的观点太棒了!真是'家有一老,如有一宝'!他们用生命的历程诠释了人生的道理,用辛劳养育着子女而毫无怨言,这就是人性的光辉。每个老人都是儿女的一盏明灯,照亮着儿女脚下的路程,温暖着每个儿女的心。"

"你的观点也很棒啊!你不仅是暖男,还很有智慧呢!"

"又夸奖我了,这是真实加甜蜜?圣慧,如果我们俩结婚以后有个孩子,一定像你一样善良!"

"说什么嘛!什么时候说要结婚啦?"圣慧突然感到很羞涩。

"我们肯定是要结婚的!亲爱的,所以要让我奶奶看看她未来的孙媳妇有多棒!"孙庆军说着来拥抱圣慧。

"你还没有求婚呢!不嘛!"圣慧说着推开了孙庆军。

"你跑不掉!你要永远在我的怀抱里。"孙庆军一下将圣慧抱了起来,并亲吻着她。

圣慧不好意思地将脸贴在他的脸庞上,并轻轻地说:"将来的孩子要是像你,也会很善良。"

"这是真实的甜蜜,我爱你,圣慧。"他们幸福地拥抱在一起。

心专功必成，志坚事不靡。

——王继藻《勖恒儿》

第十八章　洞察路　料事如神

周末，圣慧的母亲约孙庆军来家里吃饺子，圣慧却接到了单位通知有任务。老爷子在房间里休息。孙庆军勤快地主动帮圣慧的母亲包饺子，两人兴致勃勃地边包边聊着。

"庆军啊，以后你休息日就来家里吃饭，不要见外！"

"阿姨，我怎么会见外呢？我和圣慧在大学就是同学。"

"啊，你们是大学同学？现在又是同事？这太难得了！你看看，这丫头，她都没有告诉我，话也太金贵了，不愧是警察，保密工作做得这么好，连妈妈都不说啊！"

"阿姨，您不要怪圣慧，是我以前没有来拜访您。"

"她干事喜欢保密，我不怪她。不过我告诉你啊，慧慧可生来就是当警察的料，她还有一个特异功能呢——她判断的事，十有八九都能实现。"

"是吗？阿姨，快说来听听！"孙庆军迫不及待地说。

"好,一会儿我跟你慢慢说,慧慧的故事啊,可多了。对了,听慧慧说你前天抓了两个小偷,是怎么回事啊?"

"噢,前几天我和监狱长他们几个人到市里去参观学习,驾驶员请假结婚去了。由于我在上大学时就考了驾驶证,因此就由我来开车。在晚上回来的路上,我看到在我们前面有个骑着摩托车的人鬼鬼祟祟,坐在他后座上的人还不停地东张西望,一看就不正常。于是我放慢速度跟着他们,发现摩托车是崭新的,而且上锁的地方有明显的撬锁痕迹。看到同事们都昏昏欲睡,我就没有告诉他们,加速超过了摩托车,然后猛然将车拐弯急刹横在他们的前面,拦住了他们的去路。这突如其来的举动将同事们吓了一跳,大家都紧张起来。那两个人更是惊慌失措,急忙夺路而逃。这更证明了他们做贼心虚。同事们急忙下车跟在他们后面紧追不舍。我们兵分两路紧跟其后,绕过了几条小路才将两个人抓住并送到派出所审查,果然这辆新车是他们才从门店盗窃来的。"

"你还真是火眼金睛,料事如神啊!那监狱长一定要嘉奖你噢。我还听说有次你和圣慧晚上散步时抓到了一个在逃犯?"

"是啊,要不是我和圣慧在一起,可能也抓不到那个人。那天晚上我陪圣慧到图书馆去查阅资料,出来时已快到晚上九点了。我们经过市府广场公交站时,发现站牌后面有一对男女靠在一棵大树下,看似在谈恋爱。可是圣慧发现那个女孩的表情极其痛苦,同时我也感觉到了那个男子的姿势不对劲,似乎是用什么东西抵住了女孩的腰部,猜测那可能是凶器。我们俩相互对视了一下便心领神会,于是不动声色,装着若无其事的样子缓缓地从两人的身边走过。走到站牌前,我们急忙借助站牌的遮挡低声商量,由我留下窥察他们的动静,圣慧假意和我道别,然后拐进小道疾速奔跑到附近的派出所去报案。几分钟后,圣慧就从派出所带来了援兵,这个男子看到情况不对劲,撒腿就跑。这时女孩吓得大哭大喊:'他有刀!他是坏人!'

"圣慧护着女孩先将她送到派出所,我跟着派出所的三个同志猛追那个男子,那人闻风丧胆,东躲西藏。最后派出所的同志鸣枪警告,吓得他腿脚发软跌倒在地上,被我们抓获。经审讯,他果然是个有案在身的逃犯。"

"那这个女孩多危险啊!要不是遇到你和慧慧,你们俩学过侦查有经验,那后果真是不堪设想!"

"是啊,阿姨。圣慧的洞察力可强了,她比我厉害!您快给我说说她的'特异功能'吧!"

圣慧的母亲娓娓道来:"她呀,判断事情可准了。在她上高中时,她表姐对未来的结婚对象犹豫不决,带来她对象的一封信让慧慧给她参考。信中写他在上大学时如何省吃俭用,每顿只吃一个馒头,将所有余下来的钱都用来买学习资料。圣慧被他如此克服困难、刻苦学习的事迹所感动,对她表姐说,就他了!绝对是个才子!这不,她表姐夫啊,还真是个优秀的教育家呢!

教材论文还得了全国一等奖。"

"哈哈,圣慧还真是有眼光,料事如神啊!"

"还有呢,慧慧小时候就会破案呢!"

孙庆军惊诧地问:"真的啊?阿姨,您快说来听听!"

"在慧慧上小学三四年级时,她舅舅从北京给她带来一支银色的钢笔,比较珍贵。暑假时她和几个小朋友在大院里写作业,中途大家又玩了一会儿,后来发现文具盒里这支漂亮的钢笔不翼而飞了。她焦急万分,正准备问几个小朋友时,又想到这么好看的钢笔谁不喜欢呢?一定是被其中一个人藏起来了,这样问肯定是问不出结果的。于是她灵机一动,把大家都叫到一起,装作很高兴的样子说:'我们来比一比谁的笔又多又好看!'这时大家纷纷拿出自己的笔来炫耀。这位没脑子的'收藏者'也不甘示弱,将所有的笔统统拿了出来展示。她的这招'引蛇出洞'将自己的钢笔轻而易举地找了回来。"

"哈哈,圣慧果然聪明!"孙庆军听了这故事兴奋不已,不住地赞美道,"她还真是个小机灵鬼!怪不得她要上警校,原来她从小就会破案。还有别的故事吗?"

"有!慧慧的故事啊,多得很啦。三天三夜我都说不完,就怕你听烦了,下次再说给你听。"

一转眼两年过去了,圣慧和孙庆军已结为伉俪。

"亲爱的,你知道婚姻保鲜的秘籍吗?就是幸福的生活要从双方的自律开始。"孙庆军柔声说。

"这一点,我很放心,因为你没有恶习,且能为对方尽量改掉自己的小缺点。你是个很不错的男子汉!"

"我有缺点吗?我怎么没有发现啊?请你给我指出来,我好克服改正啊。"

"任何人都有缺点,但缺点一定不能大于优点,缺点太大就是恶习。如果能克服缺点就是好同志。你的大缺点就是抽烟,这样对身体不好。不过,你很自律,已经戒烟了。真的很棒!"

"你这样夸奖,谁还好意思不自律呢?不过圣慧,我发现你还真没有什么缺点。不自私,不抽烟,不喝酒,不打牌,不骂人,不……让我想想还有什么。"

"哈哈,我们俩是在做表扬与互相表扬,还是批评与自我批评啊?我缺点大着呢,有时发脾气,家务活做得不规范,对你关心不够,等等。"

"发脾气嘛,好像很少有;家务活有进步;关心我的胃,经常为我做美味又营养的西红柿鸡蛋汤。"

"谢谢你的夸奖!你做的青菜豆腐汤也很美味啊。最感谢的是你给我买的那些书,我都喜欢。图书馆里最醒目的大字是:'书籍是人类进步的阶梯。'只有掌握丰富的知识,才能将工作干得更出色。"

"看样子,我们的才女就是被我送的书籍打动的了?"

"书为媒,学为友,才为胆,奉为金。这些都是让我们走到一起的桥梁。"

"至理名言啊！圣慧,我要把你的经典语录记下来。比如你平时写的这几小段就非常好:

不要为吃亏而纠结,吃亏是福报的根源。不要为付出而抱怨,付出是得到的前提。不要为苦难而颓废,苦难是成功的必经之路。

常处理难事的人,就成了解决问题的高手。因此,不要惧怕难事,它是在磨砺你的本领。

如果有闲钱、闲暇、闲趣,就坐下来阅读、写字。才华建立在思考独处中,而不是聚集玩耍处。

艺术家在挖枯萎的树根,路人不解:这个一钱不值还白费力气。可树根经过雕刻能赏心悦目。不要在看不懂别人特有的智慧时下结论,思维与思维的不同,造就平凡与不凡。

这些我可都记下来了。"

"哇,大才子,你的记性真好,有过目不忘的本领啊！佩服,佩服!"

"哪里,得到娘子的夸奖,我都不好意思啦!我会再接再厉!"

两人都大笑起来。

这天圣慧下班到家,将双手背在后面,微笑着对孙庆军说:"庆军,我送你一个礼物,你猜是什么?"

孙庆军急忙过来抢她手上的东西:"快给我看看是什么!"他从圣慧手上夺过一本新书——《青少年法律知识歌谣》。

"亲爱的,向你致敬!这么好的书终于出版了!"

"谢谢你!出版这本书你也功不可没,后勤保障工作做得很出色。今天晚上你什么事都不要做了,就当大公子吧,我来做好吃的给你吃!"

孙庆军高兴地说:"哈哈,谢谢亲爱的,今天我享福咯!噢,对了,慧慧,吃过晚饭请你帮我收拾一下行李,我明天一早就要出差。"

"知道了,你现在就安心当你的大公子吧。"

第二天下午,圣慧单位的领导将她叫到办公室,她看到孙庆军单位的几位领导也在这里,而且面容都比较严肃,圣慧立刻感到不安起来:"发生什么事了吗?"

"别紧张,圣慧,是这样的,孙庆军因公出差受伤,正在外地医院接受治疗,我们来接你一起去。"

"伤得严重吗?现在在哪里?"圣慧的脸色立刻变得苍白

起来。

去南京医院的路上,圣慧默默地流着眼泪,焦急地在心中祈祷着:"庆军,你不能有事,你要好好的!等着我,我一会儿就到。我们还有很多幸福的日子没有开始。你要好好的,庆军,我不能没有你!你要好好地等着我!"

原来孙庆军他们一行五人在出差的路上出了重大车祸,有两人当场死亡,两人重伤,一人轻伤。孙庆军属于重伤,昏迷不醒,在医院抢救。

"医生,请您告诉我,我爱人孙庆军的情况怎么样?"圣慧用乞求的目光看着医生,想听到满意的答复。

"你爱人脑部受到创伤,已做手术。不过,受伤的位置不太好,后面的发展要根据他自身的状况,看看能恢复到什么程度。"

"您是说没有生命危险了?谢谢医生!"圣慧悲喜交加。

"现在还不能这么说,还需要观察,不知他能不能够醒过来。我们会尽力的!"医生谨慎地回答。

医生说要一周以后家属才能接触病人,以防伤口感染。隔着玻璃,圣慧看到孙庆军的头上绕满了白色的绷带,脸上浮肿发胀,致使脸都有些变形。他双眼紧闭,嘴巴上戴着氧气罩。见此情景,圣慧心如刀绞、肝肠寸断:"好好的一个人,怎么突然就变成这样了?庆军,你要好起来!赶快好起来,我相信你会好起来的,你是故意装成这样来吓我的,是吧?如果你真的受伤了,你不要害怕,有我呢!庆军,我时刻都在你身边,不离开!庆军,你不要害怕,这是暂时的!你会好起来的,这是暂时的!庆军,别害怕,有我在,你会好的!我等着你!"圣慧以泪洗面,一边为孙庆军祈祷,一边安慰着自己。

圣慧在医院旁边的招待所住下,焦急地等待着。她悬着一颗心,有时在夜里迷迷糊糊地刚睡着,只要听到脚步声,她就一骨碌爬起来,急忙下床去开门,以为自己还在家里,孙庆军下晚班回来了。当她反应过来的时候,才想起自己现在在外地,还没有见到重伤的孙庆军,又感到心如刀绞。就这样她焦虑不安、提心吊胆地过着每一天。

一星期终于过去了,圣慧见到了昏迷中的孙庆军。圣慧拉着他的手,用热毛巾给他轻轻地擦着,端详着他的面孔,好像浮肿消退了一些。能在孙庆军的身边这样近距离地看着他、照顾他,圣慧心里安定多了,也渐渐地稳定了情绪。她不由自主地拉着孙庆军的手,对他说:"庆军,我快要过生日了。还记得你第一次给我的生日礼物是你写的诗:《邂逅》。你写得真是太棒了,真是让我对你另眼相看!因为你写得好,我也偷偷地背下来了,我现在就背给你听。"圣慧含泪念道:

邂逅是生命中的一场美丽,它犹如灿烂的晚霞撞碎了一池春水而闪闪发光,似生命中的青苔透着宁静和传奇。

邂逅如秋天的海棠粉嫩依旧、艳丽喜人,像寒风中的一

第十八章　洞察路　料事如神 | 209

缕阳光温暖如春。

邂逅如幽幽的云,唱出分离的相思,写出诗意的牵挂,似潺潺的水,流出些许青涩的回忆。

邂逅是共同的爱好,惊醒了一弯新月,照亮了炫丽的友情;如雨打芭蕉的美音,和着风吹梧桐的浪漫,谱写一曲情意的坚定。

祝你生日快乐!——日月献给水草。

此刻,圣慧沉浸在这优美的诗歌里,感受到孙庆军当时对自己的那样一颗情真意切的炽热的心,是多么宝贵。而那时的圣慧却粗枝大叶的,根本没有此刻这样刻骨铭心的感受。现在她感到孙庆军对她如此重要,甚至已融入了自己的生命里。

医生正好来查房,圣慧向医生询问情况,医生说:"他现在内部器官都还好,就是脑昏迷,不知什么时候能够清醒过来。"

"医生,我和他说些他记忆比较深刻的事情,也许能唤醒他吧?"

"你试试看吧,有这样的案例。"

"真的吗?谢谢医生!"圣慧喜出望外,更加有信心了。

于是,圣慧天天守在昏迷中的孙庆军身边,诉说着过往的点点滴滴:"庆军,你还记得吗?那时你想追求我,又不敢提出,正好我爸爸生病了,你全力以赴地照顾着我父亲,感动了我的全家。你给我写的第二首诗叫《记忆》,这首诗写得比前一首还棒！可能就是你写的这两首很棒的诗歌打动了我,我就爱上你、嫁给你了。我现在背给你听听,你一定要认真地听啊,这可是我真真切切的真实加甜蜜:

记忆是流淌在心底的河,河里游荡着甜蜜和青涩,像青春的初吻,惊艳了人生,温暖了终生;

记忆是你多年前手撑油纸伞的背影,徜徉在老北京古老的巷口卷起阵阵的相思,缱绻了无限的柔情;

记忆似永不忘却的故事,伴你成长,像春天的风让你的命运之花越开越旺;

记忆像夜空中的星河,总有颗属于你和我的秘密,秘密里有你的歌声,歌声里有我无限的牵挂。

"庆军,你听到了吧？你现在不牵挂我了吗？你要是牵挂我,你就快醒来啊！"

圣慧一边给孙庆军擦洗着身体,一边缓缓地、深情地背诵着孙庆军给自己写的诗,眼泪不由自主地落在孙庆军的手上、腿上、脚上,最后滚烫的热泪又落在孙庆军的脸上、鼻子上、嘴唇上。她终于忍不住地抱着孙庆军的肩膀大哭起来。"圣慧。"孙庆军慢慢地睁开了眼睛,轻声地喊出了圣慧的名字。圣慧一下子定住一动不动,好像连呼吸都停止了。护士正好进病房送药,见此情景也惊呆了！很快病房乱成了一团,医生护士进进出出地忙碌着、兴奋着。整整二十天,孙庆军苏醒过来了!

经过三个月的康复调理,孙庆军的身体终于恢复了健康。这段时间,他听到亲朋好友们说得最多的一句话就是:"大难不死,必有后福!"

"庆军,当你昏迷不醒时,我感觉天都塌下来了,就像暴风雨来临时走散的孩子,孤独无助,害怕极了!我这才知道我的人生中不能没有你。"

"那你以前对我的感情没有这么深吗?我可任何时候都感觉不能没有你。"

"感情是要慢慢培养的,过去很多的人还先结婚后恋爱呢。"

"圣慧,将来老了,我要走在你前面,不然没有你的日子,我无法生活。"

"不行!你好自私啊,你走在我前面,我也度日如年、生不如死!你知道你这段时间昏迷,我有多煎熬吗?"

"那我们俩就约定都要活到一百岁,然后一起走。"

"这样还差不多,这个约定好!"

经过这次磨难,圣慧和孙庆军更加珍惜彼此,知道了生命是如此可贵,而人生中有一个心心相印、生死相依的人,是多么幸福的一件事啊!

成大事者,争百年不争一息。

——冯梦龙

第十九章　丰收路　慈善为先

圣慧没有想到她出版的《青少年法律知识歌谣》一书,得到了省委领导的认可,同时得到了省作协主席的高度赞扬。他们一致认为这本书体现了作者对普法事业高度的责任心、丰富的实践经验和深厚的理论基础,提醒大家不能触犯法律,更提醒人们只有遵纪守法才能得到平安的、健康的永续发展。

有的学校前来邀请圣慧去给学生们普法,她忙得不亦乐乎,经常走上学校的讲台。

她对同学们说:"我们为什么要学习法律知识?这是为了使我们的生活、学习能顺利进行。我们只有学习掌握了这些看似枯燥无味的法律知识,并适时地加以运用,才能承担起对自己、家人以及社会的责任,为平安健康地发展提供保障。

"下面我用自己编制的一首歌谣,提醒大家学习宪法和维护法律的重要性。"圣慧念道:

宪法是国保护神，保驾护航为人民。
万法之上是宪法，治国安邦总靠它。
高瞻远瞩总书记，带领学习为牢记。
立善立法为人人，时代所需永向前。
公正公平法律给，幸福就在法律里。
修正宪法是必须，科学发展永继续。
科学研究有出息，国家栋梁了不起。
宪法护驾首当先，中国改革有前景。
条条法律为人民，完善宪法民欣喜。
法制灵活用法治，治理国家有措施。
生态文明记心间，保护环境必执行。
污染公害要铲除，法律规定不含糊。
劳动光荣使命强，劳动模范我争当。
国家安全要保护，危害社会法惩处。
社会主义公财产，神圣保护不侵犯。
遵纪守法有前途，人权利益受保护。
有勇有谋有智慧，练就本领为社会。
保家卫国我能行，人民团结一家亲。

几年过去了。圣慧为普法教育尽心尽力，又得到了市普法作品大奖。她将大红证书交给了孙庆军。他打趣地说："我们的圣警官可是'百炼丹心涅不缁',赤胆忠心为人民。"

"孙先生,你也很不错啊!每年都得嘉奖,优秀共产党员大红证书都被你收入囊中,让人羡慕啊!"

"我们圣老师的普法作品在省里、市里大奖拿个不停,才让人羡慕呢!"

"那也有你的功劳嘛!家里忙前忙后的,解决了我的后顾之忧。"

两人正沉浸在喜悦之中,忽然听到了敲门声。孙庆军将门打开:"哎呀,李大老板怎么有时间到我家来啊!请进,请进。"陈雪和李涛夫妇走了进来。

陈雪说:"当初不是大家的帮助和鼓励,我们也没有今天的发展。这几年他也赚了不少钱,我们就想着做些善事来回报社会。今天特地来请两位给我们参考参考做什么比较好。"

"是啊!请你们给我们提点意见,做什么项目比较合适。"李涛接过话题。

"你自己有什么打算?"孙庆军问李涛。

李涛看了看圣慧,回答说:"以前我们到敬老院去帮助老人,总觉囊中羞涩、力不从心。那时我们兜里没有钱,帮不了什么大忙。我盘算着不久的将来我们国家也要进入老龄化社会了,我想建个敬老院,帮助那些没有子女照顾的老人,免费让他们进敬老院养老,使他们能舒适地安度晚年。"

"好啊,为国为民排忧解难,不愧是优秀的企业家!豪厄尔说:'从善绝不会太晚。'李老板是一致富就开始做大善事,我赞成!我支持!"孙庆军高兴地说。

"这个项目很好,利国利民!陈雪,你全力以赴支持李涛,也有很大的功劳啊!"圣慧表示赞同。

"人这辈子有钱不算富有,有钱了能帮助别人,才算是真正的有钱。我想用心地做好一些事,不仅要创办敬老院,还要创办幼儿园。让人在幼儿时能享有欢乐,老年时能有社会的关爱。这样我也算完成了自己的一个心愿。"

听了李涛的一番话,圣慧和孙庆军十分高兴,连连表示赞同。

"既然你们这样支持,我和李涛就决定开工了!"陈雪兴奋地说。

"好!我们拭目以待。'只要人类能够想象,他就可以将之创造出来。'这是拿破仑·希尔告诉人们的。祝你成功!"孙庆军握着李涛的手给他鼓励。

圣慧端上来两碟小菜:"来,你们喝两杯。不知道你们来,也没有什么菜。不过,这酒还不错,是我父亲收藏多年的。"

孙庆军和李涛品着老酒,圣慧和陈雪在厨房里又炒了两个菜,他们四个人兴趣盎然地围坐在一起边喝边聊。

"生活真像这杯浓酒,不经三番五次的提炼呵,就不会这样可口。"孙庆军几杯酒下肚又感慨万千。

"可不是吗?歌德说:'苦难一经过去,苦难就变为甘美。'"

李涛接口道。

"干杯！干杯！"大家开怀畅饮,沉浸在欢乐之中。不自私的人,怎么能不快乐呢?

不知不觉又两年过去了。周末的一个早晨,风和日丽,阳光明媚。李涛的敬老院竣工庆典仪式定在上午 11 点 18 分进行。

李涛和他的母亲及陈雪、圣慧和孙庆军、王强和蔡永丽、夏明和他舅舅张志勇,以及相关的政府分管领导、当地电视台记者,还有部分企业家纷纷到场。

在锣鼓喧天的喜庆声中剪彩仪式正式开始,李涛慷慨激昂地发言:

"尊敬的各位来宾,大家好! 十几年前,由于我年轻气盛、无知冲动而打伤了别人,在监狱里待了七年。由一名犯人转变成一名企业老板,其中坎坷风雨可想而知。之所以有今天的成功,我要感谢在监狱时没有放弃我们的管教干部,专门派人来教我们专业技术,并督促我们要认真学好一门手艺,将来能派上用场。我还要感谢身边一直鼓励、支持我的朋友,使我在认为自己一无是处时,又找回了极大的动力奋发努力,将自己变废为宝。还有,感谢我家人的不离不弃。

"我想告诉大家的是,要想使身边这些关心你的人不失望,自己就要刻苦学习掌握一门技能,然后不断地钻研使自己成为一名匠人,并用到工作中去。柯蓝说:'最坚强的意志,产生于最坚强的信念和对新的向往。'我有今天的成功,归功于在座的很多人对我的教诲、鞭策和激励,使我鼓足了干劲,走上了康庄大道。为了回报社会,我建造了这座敬老院,为特困户提供免费住宿和养老服务。"

李涛讲到这里,大家掌声一片,纷纷投来赞叹的目光,为这位慈善家喝彩。现场有些企业家受到感染,也和政府领导表态,准备大展宏图,为社会效力。

接着美丽优雅的蔡永丽老师走上台来:"下面,我和大家一起唱一首歌——《夕阳红》,将这首歌献给在座的爷爷奶奶们和渐渐老去的爸爸妈妈们以及全天下的老人,祝你们福寿无疆、快乐无限!"她曼声唱道:

> 最美不过夕阳红,温馨又从容,
> 夕阳是晚开的花,夕阳是陈年的酒。
> 夕阳是迟到的爱,夕阳是未了的情。
> 有多少情爱,化作一片夕阳红……

庆典仪式在喜庆欢乐祥和的氛围中结束。服务人员穿着整齐干净的漂亮衣服,像参加盛大派对一样喜气洋洋,她们有的用轮椅推着老人,有的搀扶着老人。有些健康的老人成群结队,有说有笑,像群快乐的孩子。大家一起缓缓地走进宽敞明亮的敬老院里。

圣慧感慨地说:"比我们以前去的兴华敬老院大多了,条件也好多了。李涛真是做大事了,不简单!"

"我能办敬老院,与你以前领着我们去兴华敬老院帮忙有很大的关系。如果不是受你的影响,我现在也不会想到办敬老院。"李涛接着圣慧的话。

"是的,那时我们都青春年少,现在想想好像就是昨天发生的事。"蔡永丽接着说道。

"那时圣慧带着我们种下的善意的种子,现在已经发芽并茁壮成长了!李涛说得对,我们都是受圣慧的影响。"王强兴奋地说着。

"现在我才体会到,一个人做的事,首先要有利于国家、有利于社会,这样才会得到大家的认可和支持。"李涛说。

李涛正和大家说着,记者也跟来采访:"请问李先生,您是怎么想起要办这个敬老院的?"

"记者同志,您问得好!我们正在谈论这件事。在我年轻时,我的这位朋友圣慧就经常带着蔡永丽、王强和我,去敬老院做善事。三人行,必有我师。我看到了他们的善举,就在心里埋下了种子。那时我们没钱但又想帮助老人,只好去挖野菜、扒藕、钓鱼等,将所得送到敬老院,为此还闹出了不少故事,甚至钓鱼时被派出所误抓,挖野菜时不慎受伤。我曾经走过一段弯路,在监狱里蹲了七年。在这期间,大家并没有抛弃我,而是热情地帮助我。出狱后,正好赶上国家改革开放,我赶上了这个好的时代、伟大的时代。因此我想着要做适合自己的事情,走适合自己的路。我现在发达了,不能只想着在自己的一亩三分地里享受,要做些有利于国家和社会的事情,这样才对得起大家对我的关爱。想到现在已经慢慢步入老龄化社会,我就策划办起了这个敬老院。能为老年人带来一些温暖,就是我的快乐。"李涛的一席话,感动了记者,也感动了所有来宾。

"受人尊敬,不是因获取了什么,而是因给予了什么。"柯立芝的话,是对人生价值最好的诠释。

后　记

　　本书中这些花季青春中的少男少女,对任何事物都充满热情、好奇。虽然对未来和情感还是那样懵懵懂懂,但性格已在骨子里扎根,疯狂地生长。是满腔热血、无知无畏地勇往直前,还是举目茫然、畏手畏尾地踟蹰不定,其中有自己"执拗"的小想法,更有不经意间受到的身边人的影响。时代的发展与个人的命运相互交合,冥冥中人们聚散离合,走向各自的路。
　　改革开放之初,这些涉世未深的年轻人由于对电影的热爱而走到了一起。带着朝气蓬勃、意气风发的精神,他们热情地去敬老院做善事,去帮农人收割,去烈士陵园纪念革命烈士。他们在互相帮助中互生爱慕,对未来充满甜美的向往。
　　然而落榜之痛、牢狱之灾、失恋之苦纷纷砸向他们,使他们躲避不及,在坎坷中尝尽了苦果。可他们并没有放弃,而是互相鼓励,从绝望中回过神来,想方设法将自己百炼成钢、变废为宝。通过多年的刻苦努力,终于实现了他们的梦想,成为有用之才,为社会做出贡献。
　　他们是如何走向成功的?

首先，是有善心，做善事。"慈善是阳光，美德在它的沐浴下成长。"当然，慈善需要能力，能力来源于思想、行动和自律，产生于责任、爱心和自尊。无私地付出，才能得到别人的尊重。如果你总是想着身边的人因你而生活得更好，你就会自然而然地去奋斗、去提高自己的本领。"善良的人永远是伟大的。"圣慧和她的朋友们永远记着琼森的这句话。

再者，是要有拼搏奋斗的精神。正如冰心说："成功之花，人们往往惊羡它现实的明艳，然而当初，它的芽儿却浸透了奋斗的泪泉，洒遍了牺牲的血雨。"成功需要时间、历练、失败的教训，这过程中有种种艰难困苦需要人有一往无前的精神，披荆斩棘。

人生，总得让自己精彩一次，不让身边的人失望。

如果犯了错误，走了弯路，只要觉醒过来，迅速改掉恶习、发挥自己的长处，努力拼搏，就可以逆流而上、绝地反击。

本书有幸得到了文学研究院学者的评论："这是一个很好的故事，整体有矛盾冲突、跌宕起伏、扣人心弦，同时还能和时代相结合。我读下来，就像看了一场电影或是电视剧，有悲有喜，而且能感受到命运。当作品能涉及命运，结合时代，这样的作品就是伟大的！另外，习总书记强调要讲好中国故事，您这部书稿就讲好了中国普通人因奋斗而伟大的故事。"这样的评语使我深受鼓舞，我会戒骄戒躁、再接再厉，不断地创作对人们有益的作品，奉献给祖国、社会。

沈萍
辛丑年十月书于庐州